चीकू - मीकू का उपहार

(बाल कथा-संग्रह)

नीतू सुदीप्ति 'नित्या'

Copyright © Nitu Sudipti Nitya
All Rights Reserved.

This book has been published with all efforts taken to make the material error-free after the consent of the author. However, the author and the publisher do not assume and hereby disclaim any liability to any party for any loss, damage, or disruption caused by errors or omissions, whether such errors or omissions result from negligence, accident, or any other cause.

While every effort has been made to avoid any mistake or omission, this publication is being sold on the condition and understanding that neither the author nor the publishers or printers would be liable in any manner to any person by reason of any mistake or omission in this publication or for any action taken or omitted to be taken or advice rendered or accepted on the basis of this work. For any defect in printing or binding the publishers will be liable only to replace the defective copy by another copy of this work then available.

प्यारे रुद्र नारायण, पृथ्वी, कीर्तन जी, माही, आराध्या श्री, अंश तथा सभी नन्हें मुन्नों को समर्पित

क्रम-सूची

भूमिका	vii
आमुख	ix
1. दोस्ती का रहस्य	1
2. गुलकंद	6
3. होली के बहाने	12
4. चीकू - मीकू का उपहार	14
5. वादा	17
6. कूड़े घर का राज	21
7. कालकोठरी	25
8. बदल गई	31
9. बेटे का फर्ज	36
10. स्टिंग ऑपरेशन	39
परिचय	47

• v •

भूमिका

सुश्री नीतू सुदीप्ति 'नित्या' एक सिद्धहस्त रचनाकार हैं। इन्हें बाल-मन की अच्छी परख है। बड़ों के लिए लिखी गई कहानियों की भांति ही इनकी बाल कहानियाँ भी बहुत सार्थक एवं उद्देश्य परक होती हैं। प्रकाशन प्रक्रिया के दौरान इनके बाल कहानी संग्रह- "चीकू-मीकू का उपहार" की कहानियों को पढ़ने के बाद ऐसा ही अहसास हुआ।

बाल कहानी संग्रह-"चीकू-मीकू का उपहार" में नीतू सुदीप्ति 'नित्या' की 10 बाल कहानियाँ संग्रहीत हैं।

'दोस्ती का रहस्य' कहानी मित्रता का सही अर्थ समझाने वाली कहानी है तो 'गुलकंद' ढोंगी बाबाओं की पोल खोलने वाली। 'होली के बहाने' कहानी बुरे कार्य का परिणाम हमेशा बुरा ही होता है की सीख देती है तो 'चीकू-मीकू का उपहार' विद्यादान को सर्वश्रेष्ठ सिद्ध करती कहानी है। 'वादा' कहानी जीवन-संघर्षों से न घबराकर उनसे संघर्ष करने की और आत्मविश्वास को बढ़ाकर सफल होने का मंत्र प्रदान करती है। 'कूड़ेघर का राज' कहानी विपत्ति में

धैर्य न खोने की और साहस की सीख देती कहानी है।

'काल कोठरी' विद्यालयों में प्रवेश के बाद चलने वाली रैगिंग के दुष्परिणामों से अवगत करा रही है वहीं 'बदल गई तान्या' यह सीख देने में

सफल रही है कि किसी का आकलन उसकी निर्धनता या ऊँच-नीच के आधार पर न करके उसके गुणों के आधार पर किया जाना ही उपयुक्त होता

है। 'बेटे का फर्ज' कहानी एक ओर त्याग और बुजुर्गों के प्रति सच्चे सेवा भाव को दर्शाती है तो वहीं उसके परिणाम स्वरूप मिलने वाली खुशी और सफलता

की ओर भी इंगित करती कहानी है।

स्टिंग ऑपरेशनकहानी बाल-यौन शोषण पर से पर्दा उठाती बाल कहानी है। इस प्रकार इस संग्रह की सभी बाल कहानियों की विषयवस्तु भले अलग हो लेकिन उनका मंतव्य एक है और वह है बात-बात में बच्चों को शिक्षित, जागरूक और साहसी एवं संस्कारित करना।

कुल मिलाकर संकलन की सभी कहानियाँ हमारे परिवेश की कहानियाँ हैं। ये अति सहज कथोपकथन के साथ सरल भाषा में लिखी उद्देश्य परक

रचनाएँ हैं। भाषा में कहीं-कहीं आंचलिकता दिखाई देती है जिसे परिमार्जित करना आवश्यक है।

भूमिका

बाल कहानी संग्रह -"चीकू-मीकू का उपहार" का हिन्दी साहित्य जगत में स्वागत होगा, ऐसी पूर्ण आशा है। मेरी हार्दिक शुभकामनाएँ।

- डॉ. दिनेश पाठक 'शशि'
  28, सारंग विहार, मथुरा-281006
  मोबा.-9870631805

आमुख

मेरी बात

मेरे कथा लिखने की शुरुआत बाल कथा से ही हुई है। मेरी पहली बाल कहानी "दोस्ती का रहस्य" सितंबर 2001 में कोलकत्ता से निकलने वाली पत्रिका प्रिया विनोदनी में प्रकाशित हुई थी और पाठकों के द्वारा खूब पसंद की गई थी। फिर तो खूब सारी मैंने बाल कहानियाँ लिखीं और प्रकाशित हुई तथा पाठकों के द्वारा सराही गई। उन्हीं कहानियों में से चुनिंदा बाल-कहानियाँ इस संग्रह में दी जा रही है। आशा है नन्हें-मुन्नों तथा बड़ों को यह संग्रह पसंद आएगा। आभारी हूँ सर डॉ. दिनेश पाठक 'शशि' जी का जिन्होंने इस पुस्तक की सुंदर सारगर्भित भूमिका लिखी।

आप पाठकों की प्रतिक्रिया के इंतजार में

- नीतू सुदीप्ति 'नित्या'

- साहित्यप्रीत, श्री भगवान प्रसाद, कोयला दुकान, राजा बाजार, कटेया रोड, बिहिया-802152, जिला- भोजपुर (बिहार)

मो. 7050107285/ 72568854

मेल- n.sudipti@gmail.com

1

दोस्ती का रहस्य

“आज हम दोनों का मैट्रिक का रिजल्ट आने वाला है, ” निम्मी ने कहा।

“हां, निम्मी, आज हमारा रिजल्ट आने वाला है, क्यों न आज मंदिर चला जाए?” सिम्मी बोली

“हां, अच्छा विचार है, ” निम्मी ने कहा।

फिर दोनों मंदिर चली गईं। वहां से आने के बाद दोनों स्कूल गईं।

“वाह, आज तुम दोनों बड़ी खुश लग रही हो, क्यों?” रमा ने पूछा।

“क्यों नहीं ? आज हमारा रिजल्ट आने वाला है।” निम्मी बोली।

तभी एक दूसरी लड़की उनके पास आई और बोली, “मान गई तुम दोनों को। इस बार भी पूरे स्कूल में तुम दोनों अव्वल आई हो।”

“यानी हम दोनों मैट्रिक के परीक्षा में पास हो गईं ?” निम्मी ने पूछा।

दूसरी लड़की बोली, “अरे, पास ही नहीं हुई, सबसे ज्यादा नंबर लाई हो ! तुम दोनों की दोस्ती की दाद देनी पड़ेगी। ऐसा कोई भी क्षेत्र नहीं, जिसमें तुम दोनों अव्वल न आई हो ! चाहे पढ़ाई हो, खेल हो या कुछ और तुम दोनों ने अपनी दोस्ती की मिसाल कायम कर दी। भगवान न करे कि तुम्हारी दोस्ती को किसी की नजर लगे।” कह कर वह चली गई।

निम्मी, सिम्मी और रमा तीनों स्कूल के अंदर गईं। दूसरी तरफ से उनके टीचर आ रहे थे। तीनों ने उनको नमस्कार किया।

“सर, हम पास हो गई हैं ?” सिम्मी ने पूछा।

“हां, सिम्मी, तुम और निम्मी बहुत अच्छे नंबर लाई हो ! आगे पढोगी न ?”

“हां, सर, यह भी पूछने वाली बात है। हमने इसी स्कूल से अपना और आपका नाम रोशन किया है और आगे भी इसी कालेज में पढ़ कर आपका नाम रोशन

करेंगी । अभी तो सभी क्षेत्रों में धमाका करना है। आखिर हमें अपनी दोस्ती की मिसाल जो कायम करनी है।''

रमा वहीं खड़ी थी। यह सब सुनकर वह जल रही थी। वह उनकी दोस्ती से बहुत जला करती थी। उसके मन में एक बात आने लगी कि अब इनकी दोस्ती को दुश्मनी में बदलना ही पड़ेगा। ये बहुत अपनी दोस्ती की मिसाल कायम कर रही हैं। अब इनको अलग करना ही पड़ेगा।

निम्मी और सिम्मी अपना रिजल्ट लेकर चली गईं। कुछ दिनों बाद उन दोनों का आई. एस. सी. में एडमिशन भी हो गया। दोनों साइंस पढ़ने लगीं।

रमा पीछे थी इसलिए उसे आर्ट्स लेना पड़ा। वह दोनों सहेलियों को अलग करने के लिए कोशिश करने लगी।

सौभाग्य से एक दिन निम्मी अकेले बागीचे में बैठी मिल गई। वहीं रमा भी जाकर बैठ गई।

बोली, ''आज तुम अकेली आई हो क्या?''

''हां, सिम्मी को कुछ घर पर काम था, इसलिए वह नहीं आई।''

''सिम्मी तुम्हारे बारे में...। जाने दो छोड़ो।''

''क्या मेरे बारे में? बताओ ?''

''अरे, जाने दो ना, वह तुम्हारी दोस्त है। कुछ कह दूंगी तो तुम उससे कह दोगी।''

"बताओ न रमा, सिम्मी मेरे बारे में क्या कह रही थी ?'' निम्मी जानने के लिए एकदम बेचैन हो गई।

"नहीं, तुम गुस्सा हो जाओगी।"

"नहीं होऊँगी । बताओ।''

"वह एक दिन मुझसे मिली थी । उसने कहा कि मेरे कारण ही निम्मी परीक्षा में ज्यादा नंबर लाती है। वह पढ़ने में एकदम कमजोर है। परीक्षा में मैं ही उसे दिखाती हूं तो पास होती है।"

यह सुनते ही निम्मी गुस्से से लाल होकर उठ गई, "क्या ? सिम्मी ऐसे बोल रही थी, मुझे विश्वास नहीं होता।''

"अब तुम मानो या न मानो। वह तो यही कह रही थी। लेकिन हां, तुम यह सब उससे कह मत देना कि रमा ने कहा है ।"

निम्मी ने किताब उठाई और बोली, "जा रही हूं अभी उससे पूछने।" कह कर वह जल्दी - जल्दी चली गई।

रमा मनही मन खुश थी। तभी सिम्मी आ गई। बोली, "अरे रमा, निम्मी कहां है ?"

"पता नहीं कहां है? अरे, बैठे तो सही।"

सिम्मी बैठ गई।

"बुरा न मानना सिम्मी, पर निम्मी तुम्हारी बहुत बुराई कर रही थी।"

"क्या निम्मी मेरी बुराई कर रही थी ? तुम होश में तो हो ना ?"

"मैं हूं। पर तुम नहीं हो। वह तो और भी कुछ कह रही थी कि सिम्मी ने मेरी देखा देखी साइंस ली है। उसे कुछ नहीं आता।"

"वह ऐसा बोल रही थी और क्या कह रही थी?"

"बहुत बुराई कर रही थी। तौबा – तौबा !"

सिम्मी उठकर खड़ी हो गई और गुस्से में बोली,"वह बड़ी अपने आप को तीस मारखां समझ रही है न अभी उसे बताती हूं।"

"अरे, मेरा नाम मत लेना।" कुटिलता से मुस्कुराते हुए रमा ने कहा।

वह बहुत खुश थी ।

सिम्मी चली गई।

दूसरे दिन क्लास में निम्मी - सिम्मी अलग - अलग बैठीं। दोनों ने एक दूसरे को देखा भी नहीं। उसी समय रमा आई। दोनों को अलग बैठा देख खुश हो गई।

उसने निम्मी के पास जाकर कहा, "निम्मी, इस प्रश्न का उतर बताओ ना।"

"मैं क्या बताऊँ? मैं तो किसी दूसरे का देख कर पास जो होती हूँ ।"

इतना सुनते ही सिम्मी गुस्से से लाल हो गई,"निम्मी, जबान संभाल कर बात करो।"

तभी लेक्चरर आ गईं । दोनों चुप - चाप बैठ गईं । उसी दिन से दोनों के बीच मन मुटाव रहने लगा। जब कभी रास्ते में उनका सामना हो जाता तो रास्ता बदल लेतीं। अब वह एक दूसरे की शक्ल भी देखना पसंद नहीं करती थीं।

उनकी दोस्ती टूटने के बारे में धीरे - धीरे सभी को पता चला गया। उन लड़कियों को जो उनसे ईर्ष्या करती थीं इस बात से उन्हें बहुत खुशी हुई। अच्छी लड़कियों ने उन्हें बहुत समझाया पर दोनों नहीं मानीं। वे झुकने को तैयार नहीं थीं।

जांच परीक्षा में दोनों बुरी तरह से फेल हो गईं । यह देख टीचरों और उनके माता - पिता को बहुत चिंता होने लगी।

एक दिन निम्मी के पापा कॉलेज की एक शिक्षिका के पास गए जो मुख्य लेकचरर थीं।

वह बोले, "मैडम, मेरी बेटी निम्मी आप के ही कॉलेज में पढ़ती है। पता नहीं उसे क्या हुआ है जो इस बार फेल हो गई। आप तो जानती ही हैं उसकी सिम्मी के साथ दोस्ती टूट गई है।"

"हां, मैं भी बहुत परेशान हूं। दोनों को मिलाने के लिए कोई न कोई उपाय करना ही पड़ेगा।"

निम्मी के पापा आश्वासन लेकर घर चले गए।

एक दिन रमा को निम्मी मिल गई। वह बोली,"अब सिम्मी से दोस्ती कर लो। क्यो इतनी नाराज हो?"

"नहीं करूंगी उससे दोस्ती, " कहकर वह चली गई।

रमा को अब पश्चतावा होने लगा कि क्यों मैंने इनकी दोस्ती तुड़वा दी। अब इनको फिर से मिलाना पड़ेगा ।

दूसरे दिन क्लास लेने के बाद लेक्चरर ने जाते हुए कहा, "निम्मी, सिम्मी, तुम दोनों मेरे चेंबर में आओ।"

उनके पीछे दोनों जाने लगीं, लेकिन उनमें कुछ बात नहीं हुई।

दोनों चेंबर में पहुंची। लेक्चरर ने पूछा,"क्या तुम दोनों दोस्ती की परिभाषा जानती हो ?"

निम्मी - सिम्मी ने ना में जवाब दिया।

मैडम दोनों को लेकर खेल के मैदान में गईं। निम्मी और सिम्मी दुश्मनी भूल कर एक दूसरे को आश्चर्य से देखने लगीं।

मैडम ने एक स्थान पर खड़े होकर एक मुठ्ठी बालू उठाया और मुठ्ठी ऊपर उठाकर धीरे - धीरे उसमें से बालू को नीचे गिराने लगीं।

निम्मी और सिम्मी को कुछ समझ में नहीं आ रहा था। वह दोनों कभी मैडम को देखतीं तो कभी एक दूसरे को। उन्हें इस प्रकार उत्सुक देख कर मैडम ने सारा बालू गिरा कर हथेली उनके सामने फैला दी और बोलीं, "कुछ तुम दोनों को समझ में आया?"

उन दोनों ने नाकारात्मक उत्तर दिया। इस पर मैडम हथेली में चिपके बालू को दिखाते हुए बोलीं,"हथेली में चिपके बालू को देख रही हो, दोस्ती भी बिल्कुल इसी प्रकार की होती है। हमारे जीवन में अनेक दोस्त बनते हैं, बिछुड़ते हैं पर सच्चे दोस्त इस हथेली में चिपके बालू की तरह हमेशा साथ रहते हैं। सुख - दुख में काम आते हैं। अगर किसी से दोस्ती करनी चाहिए तो इस हथेली के बालू की तरह हमेशा साथ निभाना चाहिए।"

मैडम ने दोनों को समझाया कि यहीं सच्ची दोस्ती का अर्थ है। अगर कोई तुम दोनों के बारे में उल्टी - सीधी कह देगा तो तुम मान जाओगी? तुम दोनों अपनी दोस्ती की मिसाल कायम करना चाहती थी,मगर क्या हुआ ?"

इतना सुनने के बाद निम्मी - सिम्मी की आंखों में आंसू भर आएं । वे अपनी गलती पर पछताने लगीं। दोनों ने एक दूसरे को देखा। उनकी आंखों में पहली जैसी ही दोस्ती की चमक और प्यार की झलक थी। दोनों गले लग गईं।

"अब मुझसे लड़ोगी नहीं न?"निम्मी ने पूछा।

"तुम भी मुझसे कभी झगड़ा न करना।" सिम्मी बोली।

दोनों ने मैडम के पैर छूते हुए कहा,"मैडम, आज आपने हमारी आंखें खोल दीं। आज हम दोस्ती का मतलब और रहस्य समझ गईं। हम हमेशा एक दूसरे का साथ निभाने का वचन देते हैं।"

2
गुलकंद

नित्यम अपनी बीमारी के कारण बहुत दुखी रहता था। उस का कहीं भी मन नहीं लगता। दोस्तों के साथ भी वह हंसता - बोलता नहीं। जैसे - तैसे वह इंटर की पढ़ाई कर रहा है।

उसे टी.बी. हो गई थी। शहर के अच्छे डॉक्टर से उसका इलाज चल रहा था। खाने में उसे बहुत परहेज करना पड़ता। आइसक्रीम या ठंडी - ठंडी रसमलाई देख उस का दिल खाने को तड़प उठता। पर वह मन मसोस कर रह जाता।

वह हमेशा चाहता था कि उस की बीमारी झटपट ठीक हो जाए और वह एकदम स्वस्थ हो जाए।

एक दिन उस ने अपने गांव के 2 - 4 बड़े बूढ़ों से सुना कि उस के गांव के पुराने मंदिर में कोई सिद्ध पुरूष आए हैं। वह अपने आशीर्वाद और तंत्र - मंत्र से हर बड़ी से बड़ी बीमारी को ठीक कर देते हैं। सुनते ही नित्यम ख़ुशी से झूम उठा कि भक्तबाबा मेरी भी बीमारी ठीक कर देंगे।

वह सुबह नहा - धोकर भक्त बाबा से मिलने पुराने मंदिर गया। मंदिर की सीढ़ियों पर भक्तबाबा के 2 दाढ़ी वाले शिष्य बैठे आपस में बातें कर रहे थे।

नित्यम उन्हें प्रणाम कर बोला, "मैं भक्तबाबा से मिलने आया हूं। कहां हैं वह?"

"बाबा अभी ध्यान में बैठ हैं। क्या बात हैं?" एक शिष्य ने पूछा।

"जी, मुझे टी. बी. की बीमारी है। सुना है भक्तबाबा अपनी शक्ति से हर बीमारी ठीक कर देते हैं।"

"तुम ने सही सुना है। तुम्हारी इस मामूली बीमारी को तो बाबा चुटकी बजाते ही ठीक कर देंगे। मैं बाबा से प्रार्थना कर उन से तुम्हारी भेंट करवाता हूं। जाओ, बाबा के आसन के सामने जा कर बैठ जाओ।" कह कर वह सीढ़ियां चढ़ अंदर कमरे में

चला गया।

गोबर लिपी हुई जमीन पर बड़ी - सी एक बोरी की चटाई बिछी हुई थी। नित्यम वहां जा कर बैठ गया। 3 - 4 और लोग भक्त बाबा से अपनी बीमारियां ठीक करवाने वहां आए।

वे सब नित्यम की बगल में बैठ भक्तबाबा की महिमा का गुणगान कर रहे थे, जिसे सुन कर नित्यम के दिल में भक्त बाबा के प्रति श्रद्धा बढ़ती जा रही थी।

कुछ देर बाद ललाट पर रोली का तिलक लगाए, केसरिया रंग की धोती और शरीर पर रामनाम की चादर ओढ़े नाटे कद के भक्तबाबा शिष्य के साथ बाहर आए।

'भक्त बाबा की जय' इस जयजयकार के साथ नित्यम और बाकी लोगों ने उन के चरण स्पर्श किए।

दीवार पर देवी - देवताओं की तस्वीरें टंगी थीं । उस के नीचे लाल रंग के गद्दे वाले आसन पर भक्तबाबा ने पालथी मार कर बैठते हुए नित्यम से पूछा,"तो बच्चा, तुम्हें टी. बी. की बीमारी है?"

"जी बाबा, मैंने आपके बारे में बहुत सुना है। किसी तरह मेरी भी बीमारी आप ठीक कर दें। बहुत उम्मीद ले कर मैं आप के पास आया हूँ ..." कहते - कहते नित्यम की आंखें भर आईं।

"रो मत बच्चा, मैं तुम्हारी बीमारी एक माह के अंदर ही ठीक कर दूंगा। मैं जैसा कहूंगा, वैसा ही करना। जाओ, बगल की पान दुकान से एक डब्बा गुलकंद खरीद कर लाओ।"

इतनी जल्दी अपनी बीमारी ठीक होने की बात सुन नित्यम खुशी के मारे कुप्पा हो गया। उस ने झट से गुलकंद खरीद कर डब्बा भक्तबाबा को दे दिया।

उन्होंने डब्बे का ढक्कन खोल कर उसमें से उजले प्लास्टिक में पैक गुलकंद को बाहर निकाला । कोई मंत्र बुदबुदाते हुए उस को 5 बार फूंक मारी। फिर गुलकंद को डब्बे में रख नित्यम को देते हुए बोले,"लो, रोज 1 चम्मच गुलकंद सुबह खाली पेट और शाम को भी 1 चम्मच खाना। जब यह खत्म हो जाएगा तो फिर आना। लेकिन हां, जब तक तुम मेरा यह मंत्रों से सिद्ध किया हुआ गुलकंद खाओगे तब तक तुम्हें अपनी दवा छोड़नी पड़ेगी।"

"पर बाबा, डॉक्टर ने मुझे रोज दवा खाने को कहा है।" नित्यम असमंजस में पड़ गया।

"अब तुम्हें डॉक्टर की सलाह पर नहीं चलना है। बाबा के पास आए हो तो इनकी ही बात माननी पड़ेगी।" भक्तबाबा के पास बैठा उन का शिष्य बोला।

नित्यम को किसी तरह अपनी बीमारी ठीक करनी थी। उस ने तुरत - फुरत दवा छोड़ने का फैसला कर लिया। पूछा,“बाबा, अभी मैं ने कुछ नहीं खाया। गुलकंद खा लूँ ?”

भक्तबाबा ने हाथ में रूद्राक्ष की माला फेरते हुए हां में सिर हिलाया।

नित्यम थोड़ा सा गुलकंद निकाल कर खा गया। गुलाब के फूलों की सुगंध से उस का मुंह भर गया। गुलकंद उसे बहुत मीठा और ठंडा लगा। हालांकि डॉक्टर ने उसे मीठी और ठंडी चीजों से परहेज बताया था।

उसने कहा,“बाबा, यह बहुत मीठा और ठंडा है। कहीं मुझे खांसी न हो जाए।”

“तुम्हें कुछ नहीं होगा। देख, नहीं रहे हो यह गुलाब के फूलों से बनाया गया है। यह बहुत अच्छी चीज है। वैसे भी इसमें मेरी शक्ति डाली हुई है । अब जाओ।” भक्त बाबा ने कहा ।

फिर वह दूसरे आदमी से उस की बीमारी पूछने लगे।

नित्यम भक्त बाबा को प्रणाम करके के जाने लगा। तभी सीढ़ियों पर बैठे दूसरे शिष्य ने एक स्टील के डब्बे को उस के आगे बढ़ा दिया। उस पर लाल पेंट से ‘दानपेटी’ लिखा हुआ था। वह उसमें खुशी से 51रूपये डाल कर घर चला गया।

भक्त बाबा के अनुसार नित्यम सुबह - शाम गुलकंद खाने लगा। बिना दवा खाए कभी - कभी उस का मन खराब होने लगता था। थोड़ी खांसी भी हुई, पर अंधविश्वासी नित्यम ने दवा नहीं खाई।

एक हफ्ते बाद वह भक्तबाबा के पास गया। उन्होंने उसकी तबीयत के बारे में पूछा। उस ने खांसी होने की बात कही।

भक्तबाबा ने कहा,“बच्चा, मेरे शिष्य को रूपये देकर एक और डब्बा गुलकंद मंगाओ । साथ ही उसे 2 सौ रूपये और दे दो। तुम्हारे लिए अभी जो मैं पूजा करूंगा उस के लिए सामान चाहिए।”

नित्यम ने रूपये दे दिए।

वहां पर मिट्टी की एक पिंडी बनी हुई थी, जिसे पीले गोटे वाली चुन्नी से ढ़का था। उस पर फूल चढ़े थे। बगल में मिट्टी में लोहे का एक त्रिशूल गड़ा था। भक्तबाबा मंत्र पढ़ते हुए नित्यम से उस पिंडी की पूजा करवाने लगे। बीच - बीच में कोई मंत्र पढ़ कर हाथ हवा में लहराते, फिर नित्यम पर फूंक मारते। साथ में उन्होंने उस से पिंडी पर 101रूपये और त्रिशूल पर 51 रूपये चढ़वाएं । वह पूरी श्रद्धा से सारे काम कर रहा था।

भक्त बाबा ने नित्यम से यहां - वहां चढ़ावे के रूप में करीब 500रूपये ऐठ लिए। अंत में गुलकंद में मंत्र फूंक कर उसे देते हुए बोले,“लो बच्चा, यह मेरा आशीर्वाद है।

इस बार तुम एकदम भले चंगे हो जाओगे। ठीक हो जाने पर मुझ से मिलना।"

नित्यम ने श्रद्धा वश भक्तबाबा के पैरों पर 51रूपये रख उन्हें प्रणाम किया।

वह होठों पर मीठी मुस्कान लिए घर पहुंचा।

उसे देख उस के सुमन भैया ने पूछा,"क्या बात है, नित्यम, बहुत खुश लग रहे हो?"

"भैया, मेरी बीमारी बहुत जल्द ठीक हो जाएगी।" उस ने उत्साह से कहा।

"हां, ठीक तो हो ही जाएगी। आखिर अच्छे डॉक्टर से तुम्हारा इलाज जो चल रहा है।"

"नहीं भैया, डॉक्टर मुझे ठीक नहीं करेगा। वह तो भक्तबाबा मुझे ठीक करेंगे।" नित्यम ने सारी बातें सुमन से कह दीं।

सुमन के तो होश ही उड़ गए। उस ने उसे बहुत समझाया । लेकिन नित्यम कुछ भी समझना नहीं चाहता था। वह भक्तबाबा के जाल में पूरी तरह फंस चुका था।

सुमन गुस्से से बोला,"तेरे जैसा इंटर का छात्र इतना अंधविश्वासी होगा, मैं सोच भी नहीं सकता था। उस भक्तबाबा के चक्कर में पड़ कर तू ने अपनी दवा खानी छोड़ दी है और यह पान में खाने वाला गुलकंद खा रहा है। कह रहा है कि इस से तेरी बीमारी ठीक हो जाएगी।"

"भैया, भक्तबाबा में बहुत शक्ति है। देखो, बिना दवा खाए ही मैं बिल्कुल ठीक हूँ ।"

"मैं भी देखता हूं ।" सुमन उसे घूरते हुए बोला।

मम्मी - पापा ने भी नित्यम को बहुत समझाया कि वह अपनी दवा खाए और भक्तबाबा के चुंगल से जितनी जल्दी हो सके निकल जाए।पर वह अपनी जिद पर अड़ा था कि भक्तबाबा अपने तंत्र - मंत्र से उसे ठीक कर देंगे। कड़वी दवा खाने की उसे जरूरत नहीं है। उस की जिद के आगे घर वाले भी हार गए।

नित्यम नियम से गुलकंद खाता ही रहा।

एक दोपहर उसे हल्की - हल्की खांसी होने लगी। उस ने ध्यान नहीं दिया। शाम को गुलकंद खा कर रात में सो गया। अचानक आधी रात को उस की खांसी बहुत तेज हो गई। खांसी रोकने के लिए उस ने मुंह पर हाथ रखा। पर यह क्या! खांसते - खांसते उसके मुंह से खून आ गया। खून देखते ही वह सन्न रह गया। जल्दी से बाथरूम में जा कर मुंह धोया।

घर वालों को खांसी का पता न चले, इसलिए उस नेअपने कमरे के दरवाजे को अंदर से बंद कर दिया। सारी रात उसे खांसी के साथ खून गिरता रहा। वह बिल्कुल कमजोर हो गया।

सुबह गिरते - पड़ते किसी तरह वह भक्तबाबा के पास गया। "बा...बाबा ...बाबा, रात से ही मुझे खांसी के साथ खून आ रहा है। आप ने तो कहा था कि मैं ठीक हो जाऊँगा पर..."

"तुम ने जरूर कोई गलती की है।" भक्तबाबा ने उल्टे उसी पर दोष लगाया।"

"नहीं बाबा, मैंने कोई गलती नहीं की । सिर्फ आप का दिया हुआ गुलकंद खा रहा था और... और..." उसे खांसी होने लगी और भक्तबाबा के सामने ही उस के मुंह से खून गिरने लगा।" नित्यम थूक कर भरी आंखों से बोला,"देखिए, फिर खून गिरा..."

खून देख कर भक्तबाबा का भी दिमाग चकरा गया कि अपने झूठे तंत्र - मंत्र के कारण मैंने इस की बीमारी बिगाड़ दी। उन्होंने कुछ सोच कर कहा,"देखो,अभी तुम किसी अच्छे डॉक्टर के पास जा कर अपना इलाज करवाओ। बाद में मैं तुम्हें भला - चंगा कर दूंगा।"

यह सुन नित्यम के पैरों तले की जमीन खिसक गई, "बाबा, आपने तो मुझे डॉक्टर के पास जाने और दवा खाने से मना किया है, फिर...? आप ने अपनी शक्ति से मुझे ठीक करने का वादा किया है। दक्षिणा और चढ़ावे के रूप में मुझ से हजारों रूपये लिए हैं।"

"देखो, मेरे पास तुम्हारी बीमारी का काई इलाज नहीं है। अभी मेरे ध्यान का समय हो रहा है।" भक्तबाबा दो टूक बात कह अंदर चले गए।

नित्यम हारे हुए जुआरी की तरह ठगा सा रह गया। उसे समझ में नहीं आ रहा था कि जिस भक्त बाबा के ऊपर उस ने इतना विश्वास किया, उस के कहने में आकर अपनी दवा खानी छोड़ दी आज वह इस तरह से उसे धोखा देगा। अपने अंधविश्वास के कारण वह रोने के अलावा करता भी क्या।

वह भक्तबाबा के प्रति नफरत और आंखों में आंसू लिए घर लौट पड़ा।

सुमन पापा के साथ साइकिल से दुकान जा रहा था। उस ने रास्ते में नित्यम को जाते हुए देखा, पापा से कह कर साइकिल रूकवाई।

नित्यम को रोकते हुए उस ने पूछा,"नित्यम क्या हुआ? तुम रो क्यों रहे हो?"

"पापा, भैया, उस भक्तबाबा ने मेरी बीमारी आज एकदम खराब कर दी है। रात से ही खांसी के साथ खून आ रहा है। मैं ने आप सभी की बात नहीं मानी। अपनी दवा खानी छोड़ दी। मुझे माफ कर दें ।" नित्यम फूटफूट कर रो पड़ा।

"तुम्हारी तबीयत इतनी खराब है और तुमने हम सब से कहा तक नहीं। रो मत। नहीं तो और खांसी होगी। जो तुम ने गलती की उसे भूल जाओ। हम ने तुम्हें माफ किया।" पापा उसे चुप कराने लगे।

“पापा, आप जल्दी से इसे डॉक्टर के पास ले जाइए। मैं उस भक्तबाबा की खबर लेने जाता हूं।” कह कर सुमन फौरन बाबा के अड्डे की ओर बढ़ा।

पापा उसे लेकर चले गए।

भक्तबाबा अपने शिष्यों के साथ बोरियाबिस्तर बांध कर भागने की तैयारी कर रहा था । तभी सुमन अपने दोस्तों के साथ वहां पहुंचा। सब ने उन लोगों की खूब पिटाई की। फिर उन्हें पुलिस के हवाले कर दिया।

भक्तबाबा ने पुलिस को बताया कि वह एक झोला छाप डॉक्टर है, जो भक्तबाबा का वेष बदल गांव - गांव बीमारी ठीक करने के नाम पर, लोगों को बेवकूफ बना कर उन से रूपये ऐठता है। इस में ज्यादातर नित्यम जैसे अंधविश्वासी किशोर ही फंसते हैं। लोग विश्वास करें, इसलिए वह हर बीमार इंसान को गुलकंद खिलाता था।

डॉक्टर ने नित्यम की छाती की जांच कर के उसे सूई - दवा देकर घर भेजा। 15 – 20 दिन के बाद जब उसने अपनी दवाइयां खाईं तो उसे राहत मिली। 3 दिन के अंदर ही उसकी खांसी ठीक हो गई और मुंह से खून गिरना भी बंद हो गया।

“नित्यम, चलो आज तुम्हें डॉक्टर को दिखाना है।” सुमन ने कहा ।

वह सुमन के साथ जाने लगा। तभी उसे कुछ ध्यान आया, “रूकिए भैया, एक खास काम कर के चलता हूँ ।”

उसे ने अपनी आलमारी में से गुलकंद का डब्बा निकाला और खिड़की से बाहर फेंक दिया,“हर बीमारी को डॉक्टर ठीक करता है न कि कोई पान मसाला या कोई भक्त बाबा।”

सुमन यह देख कर मुस्कुरा पड़ा। फिर वह नित्यम को लेकर डॉक्टर के पास चला गया।

3

होली के बहाने

अरूणोदय वन में इस बार होली खूब मौज मस्ती के साथ मनने वाली थी, सभी जानवर बहुत खुश थे। सबके चहेते शेर भानू सिंह चुनाव जीत कर जंगल के नेता बन गए थे। वह शांत विचार के और बहुत ईमानदार थे। वे दिल से सभी छोटे - बड़े जानवरों का भला करते थे।

पहले अरूणोदय वन के नेता शेर मंगलू था । उनका बचपन का साथी । पर वह नेता बनने के बाद दुष्ट और बेईमान हो गया था। राह चलते जानवरों को मार कर खा जाता । जंगल की स्थिति खराब होने लगी। तब सब जानवरों के कहने पर भानू सिंह ने उसके खिलाफ चुनाव लड़ा और भारी मतों से विजयी हो गए।

इधर इतनी करारी हार मंगलू बरदाश्त नहीं कर पा रहा था। उसके घर में मायूसी छाई थी । दुःख के कारण वह होली भी नहीं मनाना चाहता था। उसने होली के बहाने भानू सिंह को जान से मारने की योजना बनाई ।

सोच कर वह खुशी से उनके घर गया। घर आए मेहमान की इज्जत करना भानू सिंह अच्छी तरह जानते थे। उन्होंने मंगलू का स्वागत दिल से किया।

मंगलू ने शर्बत पीते हुए कहा,"यार, भानू भले ही राजनीति में हम एक दूसरे के दुश्मन हो गए हैं, पर हैं तो बचपन के साथी। मैं तुम्हारी जीत से बहुत खुश हूँ । इसी खुशी में कल मैं अपने घर में 'होली मिलन'की पार्टी कर रहा हूं। उसमें तुम जरूर आना। और अपनी पार्टी कार्यकर्ताओं को भी लेते आना।"

"यहतो बहुत अच्छी बात है। हम सब कल आ जाएंगे।" भानू सिंह ने कहा ।

मंगलू वहां से खुशी - खुशी लौट बाजार चला गया।

एक दुकानदार को उसने एक पेटी कोल्ड ड्रिंक का आर्डर दिया। फिर एक बोतल तेजाब खरीद कर घर लाया।

उसने तेजाब को दूसरे कोल्ड ड्रिंक की खाली बोतल में डाला। और उसे छुपा कर रख दिया।

'भानू, कल तू यह तेजाब पीकर मेरे सामने तड़प - तड़प के मरेगा। मुझे हरा कर तू सब का प्रिय नेता न बन गया है। कल सब जानवर तेरी दर्दनाक मौत पर आंसू बहाएंगे। और मैं फिर से नेता बन जाऊंगा। हा... हा... हा...' मंगलू सोचते हुए मन ही मन हंस पड़ा। 'मुझ पर कोई शक भी नहीं करेगा। आखिर इसी तरह की बोतल में मैं सबको कोल्ड ड्रिंक जो पिलाऊंगा।'

दूसरे दिन मंगलू होली मिलन की तैयारियों में जुट गया। रह - रह कर उसे ख्याल आता कि भानू तेजाब पी कर मर रहा है और वह फिर से नेता बन गया है।

उसका इकलौता बेटा मोनू सड़क उस पार अपने दोस्तों के साथ होली खेल रहा था। उसने सड़क किनारे कोल्ड ड्रिंक बिकते हुए देखा। दौड़ कर अपनी मम्मी के पास गया।

बोला, "मम्मी, 10 रूपये दो ना। कोल्ड ड्रिंक पिऊंगा।"

"जा, पापा की कमीज में से निकाल ले।" मम्मी ने गुझिया बनाते हुए कहा।

मोनू कमरे में गया। पापा की कमीज में से 10 रूपये का नोट निकाला। वह बाहर निकल ही रहा था कि पलंग के पीछे उसने कोल्ड ड्रिंक की बोतल रखी देखी।

उसने कोल्ड ड्रिंक की बोतल हाथ में लेकर कहा, "मम्मी, पापा ने कोल्ड ड्रिंक खरीद कर शायद मेरे लिए ही रखा है। इसे ही पी जाता हूं।"

"हां, बेटा, पी लो।" मम्मी ने रसोई घर से ही कहा।

मोनू कोल्ड ड्रिंक अभी पी ही रहा था कि उसकी गर्दन खूब जलने लगी। वह बोतल पटक कर मम्मी - पापा चिल्लाने लगा।

मम्मी रसोई घर से दौड़ते हुए आईं। मंगलू जो बाहर तैयारी कर रहा था, वह भी मोनू की आवाज सुनकर दौड़ा।

मोनू कोल्ड ड्रिंक के बदले उसी तेजाब को ही पी गया था, जिससे वह जमीन पर छटपटा रहा था।

"क्या हुआ बेटे, क्या हुआ...?" मम्मी - पापा ने उसे झकझोरते हुए पूछा।

अभी वह कुछ समझते कि मोनू ने दम तोड़ दिया। अचानक मंगलू की नजर जमीन पर फूटी हुई बोतल पर गई। जिसमें से तेजाब गिर कर फर्श पर खौल कर उजला दाग छोड़ रहा था।

"बेटे, यह तूने क्या किया ? मैंने यह तेजाब भानू सिंह के लिए रखा था और तू पी गया..." मंगलू रोते - रोते बेहोश होकर गिर पड़ा।

4
चीकू - मीकू का उपहार

सागर वन के महाराजा शेर सिंह हर साल अपना जन्मदिन बहुत धूम धाम से मनाते थे। इस साल भी वह अपना जन्मदिन बहुत खुशी से मनाना चाहते थे, लेकिन अपने इस जन्मदिन पर वह सभी जानवरों से कोई उपहार नहीं लेना चाहते थे।

अपने जन्मदिन से चार दिन पहले उन्होंने अपने महल के लान में सभी जानवरों की मीटिंग बुलाई। सभी जानवरों के आने के बाद उन्होंने कहा, "मेरे प्यारे जानवर भाइयों, इस बार मैं अपना जन्मदिन नए अंदाज में मनाना चाहता हूं। आप सभी को पता है कि हमारे सागर वन के नदी किनारे बहुत से गरीब जानवर अपने बच्चों के साथ रहते हैं। वे जानवर बच्चे अपना जन्म दिन भी नहीं मनाते। नाही कभी कोई उन्हें उपहार ही देता है। मैं चाहता हूं कि जन्मदिन तो मेरा मने पर उपहार उन बच्चों को मिले। आप जो उपहार मुझे देंगे वह उन गरीब जानवर बच्चों को दें। कम से कम वे 18 – 20 बच्चे होंगे । आप दो, चार या पांच साथियों का ग्रुप बना सकते हैं। जिसका उपहार सबसे अच्छा होगा उसे मैं इनाम दूंगा ।"

सभी जानवरों ने तालियां बजा कर महाराज की बात का स्वागत किया।

"महाराज, यह आपने बहुत अच्छा निर्णय लिया है। इससे हम सभी जानवरों के दिल में गरीब जानवरों के लिए सेवाभाव और भाईचारा जगेगा।" हाथी दादा ने कहा।

प्रीत भालू, गणेश हाथी, पिंटू हिरन, भानू लोमड़, जीत बंदर और भी दूसरे जानवरों ने आपस में ग्रुप बना लिए। वे सबसे अच्छा उपहार देने के लिए एक दूसरे से सलाह करते हुए अपने - अपने घर चले गए।

चीकू और मीकू खरोगश महाराज की बात सुनकर दुखी हो गए। वे दूसरों जानवरों की तरह अमीर नहीं थे। जो उन जानवर बच्चों के लिए उपहार खरीद सकें। दोनों भाई खुद अपने चाचाजी की मदद से किसी तरह मैट्रिक पढ़ जाना चाहते थे।

सभी जानवरों को एक से एक बढ़कर उपहार खरीदते देख उन दोनों को खुद अपनी गरीबी पर रोना आ रहा था। उन्हें समझ में नहीं आ रहा था कि उपहार खरीदने के लिए वे रुपयों का इंतजाम कैसे करें?

"मीकू, यों दुखी मत हो मैं चाचाजी से इस बारे में बात करूंगा। वह कोई न काई इंतजाम जरूर करेंगे।"

"नहीं चीकू भैया,चाचाजी इतने रूपये कहां से देंगे? वह तो खुद दो पैसा कमाने के लिए शहर गए हैं। हम महाराज से हाथ जोड़कर माफी मांग लेंगे कि हम गरीब, जानवर बच्चों को कोई उपहार नहीं दे सकते। अब घर चलिए।" मीकू दुखी मन से बोला ।

फिर चीकू के साथ घर की तरफ चल पड़ा।

उन दोनों ने बीच रास्ते में बिल्ली, बकरी, गदहे, भालू, चूहे और बूढ़े सियार के गरीब बच्चों को देखा। वे नंगे ही सड़कों पर घूम और खेल रहे थे।

घर आकर चीकू को गरीब जानवर बच्चों को उपहार देने के बदले में एक उपाय सूझा। उसने खुश होकर वह बात मीकू को बताई। सुनकर मीकू भी खुश हो गया।

आज महाराज शेर सिंह का जन्मदिन था। पर उपहार मिलने वाले थे जानवर बच्चों को, इसलिए वे बहुत खुश थे। वे जन्मदिन वाली रंग - बिरंगी टोपियां पहने आपस में उछल कूद कर रहे थे।

सूट - बूट कसे महाराज शेर सिंह ने बड़ा - सा केक काटकर अपना जन्मदिन मनाया। सभी जानवरों ने उनको जन्मदिन की बधाइयां दीं।

गरीब जानवर बच्चों के साथ सबने छक कर केक रसगुल्ले, नमकीन और कोलड्रिंक्स के मजे लिए।

जब सभी ने खा - पी लिया तब महाराज शेर सिंह ने सभी जानवरों से कहा, "अब आप सब इन बच्चों को उपहार दें।"

सभी जानवर बच्चे कतार में बैठ गए।

किसी ग्रुप के जानवरों ने उन्हें कपड़े दिए । किसी ने कोट, चांदी की अंगुठियां, कुर्सियां, खिलौने, बरतन और किसी ने उन्हें घड़ियां दीं।

सब जानवर बच्चे उपहार में इतना कुछ पाकर खुशी से फूले जा रहे थे। हाथी दादा सबके उपहार लिख रहे थे। अंत में चीकू और मीकू बच गए।

उन दोनों के हाथों में कुछ न देख महाराज शेर सिंह ने पूछा, "तुम दोनों भाई कुछ नहीं दोगे?"

"महाराज, आप तो हमारी गरीबी जानते हैं पर..."

"तुम दोनों इतने गरीब भी नहीं हो कि इन बच्चों को एक - एक टॉफीभी न दे सको।" चीकू की बात काट कर बीच में कृष बंदर और चींटू हिरन ने उसका मजाक उड़ाया।

महाराज ने उन्हें डांटा फिर चीकू को बोलने के लिए कहा।

"महाराज, आपको हमारे बारे में पता है। हम इन बच्चों को मामूली उपहार भी नहीं दे सकते। इसलिए हमने तय किया है कि हम दोनों भाई इन जानवर बच्चों को रोज दो घंटे पढ़ाएंगे।" चीकू ने कहा।

"यही हमारी तरफ से आपके जन्मदिन का इनका उपहार होगा।" मीकू बोला।

महाराज शेर सिंह ने चीकू और मीकू को अपने पास बुलाया और खुश होते हुए बोले, "मुझे तुम दोनों भाइयों पर गर्व है। तुम ने इन जानवर बच्चों को मेरे जन्मदिन का सबसे अच्छा उपहार दिया है। दूसरे जानवरों ने इनको जो उपहार दिए हैं वे कुछ देर के लिए हैं पर तुम्हारे उपहार से इन गरीब जानवर बच्चों का भविष्य संवर जाएगा। सागर वन के ये बच्चे भी शिक्षित हो जाएँगे। मैं तुम दोनों को दो हजार रूपये का इनाम देता हूँ।"

पढ़ने के नाम पर सब जानवर बच्चे खुश हो गए। सब के साथ वे भी तालियां बजाने लगे।

"महाराज, हम इन रुपयों से इन बच्चों के लिए पढ़ाई का सामान खरीदेंगे।" चीकू और मीकू ने खुश होकर एक साथ कहा।

5

वादा

आज कालेज का वार्षिकोत्सव था। कालेज दुल्हन की तरह सजाया हुआ था। कालेज के सभी छात्र - छात्राएं अपने - अपने पैरेंटस के साथ वहां उपस्थित थे।

सभी प्रोफेसरों और छात्र - छात्राओं को एक और खुशी थी। इसी कालेज में पढ़ने वाला एक छात्र मुरारी आज इसी कालेज में अंग्रेजी का प्रोफेसर डाक्टर मुरारी बन कर आने वाला था। सब से ज्यादा खुश प्रिंसिपल डाक्टर ओम थे। रह - रह कर मुरारी का भोला चेहरा उन्हें याद आ रहा था।

जब कोई शिष्य अपने गुरू के समकक्ष पहुंच जाता है, तो गुरू का सिर गर्व से ऊँचा हो जाता है। यही हाल डाक्टर ओम का था।

कालेज के बड़े हाल में डाक्टर मुरारी का स्वागत करने के लिए सभी खड़े थे।

डाक्टर मुरारी जैसे ही कालेज में आए, पूरा हाल तालियों की गड़गड़ाहट से गूंज उठा।

डाक्टर ओम उसे फूलों की माला पहनाते, इससे पहले उस ने लपक कर उन के पैर छू लिए। खुशी से गदगद डाक्टर ओम ने मुरारी को गले से लगा लिया। दोनों की आंखों से आंसू झरझर बहने लगे।

गुरू शिष्य का एक दूसरे के लिए ऐसा प्रेम देख कर एक बार फिर सभी ने तालियां बजाईं।

“मुरारी, आज मैं बहुत खुश हूँ। तुम ने अपना वादा पूरा किया।” डाक्टर ओम ने कहा।

“सर, यह तो आप के दिए गए मंत्र और आशीर्वाद के कारण संभव हुआ है, जो आज मैं अपने इस जीवन पथ पर खड़ा हूं। आप के इन पैरों से ही मुझे प्रेरणा मिली थी, नहीं तो अपने शरारती सहपाठियों के कारण उस दिन मैं कालेज छोड़ ही देता

।" कहते हुए मुरारी ने एक बार फिर डाक्टर ओम के पैरों को छुआ और उसे अपना अतीत याद आने लगा।

वह कालेज छोड़ने का आवेदन पत्र लिख कर उसे देने अपने प्रिंसिपल डाक्टर ओम के केबिन में गया था।

"सर, यह मेरा कालेज छोड़ने का आवेदन पत्र है, मैं कालेज छोड़ रहा हूं।" उस ने कहा।

"तुम कालेज क्यों छोड़ रहे हो?"प्रिंसिपल सर ने पूछा।

"लड़के मेरा मजाक उड़ाते हैं।"

"अच्छा, इसे कल दे देना । अभी कालेज की मीटिंग होने वाली है।" प्रिंसिपल सर फाइल समेटते हुए बोले।

"जी सर ।" कह कर मुरारी बाहर चला गया।

बाहर निकलते ही उस की कक्षा के 3 - 4 शरारती लड़कों ने उसे घेर लिया। सब ने हंसते हुए पूछा,"क्यों बे उल्टे हाथ, सर को अपना कालेज छोड़ने का आवेदन पत्र दे दिया ?"

मुरारी खून का घूंट पी कर रह गया। वह आंखों में आंसू लिए वहां से भागा।

मुरारी अपने गांव से अपनी मौसी के पास शहर में पढ़ने आया था।

मौसी ने 2 - 3 माह पहले ही शहर के जाने - माने जैन कालेज में उस का इंटर में दाखिला करवाया था।

गांव का सीधा - सादा मुरारी पहले दिन ही रैगिंग के नाम पर कालेज के बदमाश लड़कों के हत्थे चढ़ गया था। कक्षा में जब वह अपना सिर नीचे झुका कर बांए हाथसे कलम गड़ागड़ाकर धीरे - धीरे लिखता तो सारे लड़के उस पर ठठा कर हंसते थे।

उस का दायां हाथ पोलियो ग्रस्त था। बायां हाथ भी कुछ टेढ़ा था। वह पूरी बांह की शर्ट पहन कर कालेज आता, तो वे लड़केउसकी कलाई के पास वाले बटन खोल आस्तीन ऊपर सरका देते और उस की पेड़ की डाल जैसी सूखी बांह को पकड़ कर खूब हिला - हिला कर कहते, 'हाथ जोड़ सबको सलाम कर प्यारे...'

दिन ब दिन शरारती लड़कों की शरारतें मुरारी पर भारी पड़ती जा रही थी। उसमें हीन भावना कूट - कूट कर भरी हुई थी, जिससे वह मनही मन रोता रहता। उस में इतनी हिम्मत नहीं थी कि वह उन लड़कों से भिड़े।

अगले दिन मुरारी प्रिंसिपल सर को स्कूल छोड़ने का आवेदन पत्र देने उन के केबिन में गया। अभी वह दरवाजे पर ही था कि उन को पहिया कुर्सी पर बैठे हुए देखा। उस के पैरों तले की जमीन खिसक गई।

"अरे, मुरारी, बाहर क्यों खड़े हो ? आओ अंदर आओ। तुम अपनी लीविंग एप्लिकेशन देने आए हो ना ?" प्रिंसिपल सर की नजर उस पर पड़ी।

"सर, आप और पहिया कुर्सी पर ?" मुरारी ने पास जाकर पूछा।

"अरे, मेरी छोड़ो। अपनी लीविंग एप्लिकेशन दो।" उन्होंने हाथ आगे बढ़ा कर उस से एप्लिकेशन मांगी।

"नहीं सर, पहले मैं आप के बारे में जानना चाहता हूं। आप को व्हील चेयर पर देख कर मुझे बहुत दुख हो रहा है।

कहते हुए मुरारी के आंसू छलक पड़े।

"तुम एक हाथ से विकलांग हो और मैं अपने दोनों पैरों से।"

"क्या ... दोनों पैरों से ? यह कैसे हुआ, सर ?" मुरारी चैंका।

बचपन में ही यह हादसा हो गया था। अच्छा, मेरी बात छोड़ो। तुम अपनी लीविंग एप्लिकेशन दो। मैं उसे फाइल में लगा दूं।"

"मुझे माफ कर दीजिए सर, आप दोनों पैर खो कर भी आज इतने बड़े बन गए हैं और मैंने अपने एक हाथ से विकलांग होने पर लड़कों द्वारा मजाक उड़ाए जाने पर अपनी पढ़ाई छोड़ने का निर्णय ले लिया था। मुझे माफ कर दीजिए सर। माफ कर दीजिए।" कहते - कहते मुरारी ने अपना आवेदन पत्र फाड़ कर फेंक दिया। और सर के पैरों पर गिर कर फूट - फूट कर रोने लगा।

"मुरारी, जीवन संघर्ष का नाम है, जब तक जीना है तब तक संघर्ष करना ही है। जीवन में या अपने शरीर में कुछ कमी हो तो उसे से निराश होने के बजाए मजबूत इच्छा शक्ति के साथ कुछ काम करना बहुत बड़ी बात होती है। तुम्हारा एक हाथ विकलांग है, तुम्हारा मन तो विकलांग नहीं है ? तुम पढ़ - लिख कर इतने बड़े बन जाओ कि लोग तुम्हारा मजाक उड़ाना छोड़ दें। हर कोई तुम पर गर्व करे।" प्रिंसिपल सर उसका सिर सहलाते हुए कह रह थे।

मुरारी को लगा सर की सारी बातें जैसे कोई मंत्र के समान है। जिस से उस के अंदर भरी हुई सारी हीन भावना जल कर राख हो रही है और एक अदभूत आत्मविश्वास का संचार हो रहा है।

वह अपने आंसू पोंछ कर बोला, "सर, अब मैं कभी अपने इस बीमार हाथ के कारण दुखी नहीं होऊंगा। आज मैं आप से वादा करता हूं कि मैं पढ़- लिख कर आप की तरह ही बनूंगा।"

प्रिंसिपल सर ने खुशी से उसकी पीठ थपथपाई।

मुरारी सर के पैर छू कर कक्षा में चला गया। उस की आंखो में एक नई चमक थी।

कक्षा में शरारती लड़कों ने उसे छेड़ा,“क्यों बे उल्टे हाथ, तू क्लास में आ गया। तू कालेज छोड़ने वाला था न।”

“आप से किस ने कह दिया कि मैं कालेज छोड़ कर जा रहा हूं।” मुरारी अपने लिए उल्टे हाथ का संबोधन सुन कर भी मुस्कुरा कर बोला,“मै इसी कालेज में रह कर अपने आप को सब की नजरों मे ऊँचा उठाऊंगा ।”

उसकी आत्म विश्वास से भरी बात सुन कर वे लड़के खुद एकदूसरे का मुंह ताकने लगे।

शरारती लड़के अपनी उल्टी - सीधी शरारतों से हमेशा मुरारी को नुकसान पहुंचाते । कालेज छोड़ने के लिए डराते –धमकाते। उल्टे हाथ, लुल्हा, बायाँ हाथ वैगरह - वैगरह नामों से सब उसे चिढ़ाते, पर वह सब कुछ बरदाश्त कर सिर्फ अपनी पढ़ाई पर ही डटा था।

उन लडकों को उस दिन धक्का लगा जब मुरारी सब को पछाड़ कर इंटर में टाप कर गया। और वे धूल चाटते रह गए। फिर तो मुरारी दोगुने उत्साह केसाथ स्नात्तक और स्नात्तकोत्तर में भी टॉप कर गया।

प्रिंसिपल सर के साथ कालेज के सभी प्रोफेसर भी उस की इस कामयाबी पर बहुत खुश हुए।

मुरारीअंग्रेजी से पी. एच. डी. करने दूसरे शहर चला गया। वहां से वह हर सप्ताह फोन पर अपने प्रिंसिपल सर को अपनी उपलब्धियां बताता और वह खुशी से फुले न समाते।

“डाक्टर मुरारी, स्टेज पर चलिए ।” एक प्रोफेसर डाक्टर ओम की पहिया कुर्सी का हैंडिल पकड़े बोला तो मुरारी की तंद्रा टूटी।

डाक्टर मुरारी प्रिंसिपल सर का हाथ थामे स्टेजकी तरफ चल पड़े।

6

कूड़े घर का राज

आयशा के घर के सामने एक खंडहरनुमा घर था। जो वर्षों से बंद पड़ा था। उसके मुहल्ले वाले अपना कूड़ा उस घर के बाहर ही फेंकते थे, इसलिए सब उसे कूड़ा घर ही कहते।

आयशा अपने छोटे भाई पुष्पक के साथ बरामदे में सोती थी। बरामदे में एक छोटी खिड़की थी। जब कभी वह या पुष्पक रात में उठते तो उन्हें खिड़की से कूड़े घर के पास एक कार खड़ी देखते।

कल रात आयशा ने अंधेरे में दो आकृतियां देखी, जो कार में से कोई भारी सामान निकाल कर धीरे - धीरे कूड़े घर में रख रही थीं। फिर कार चली गई।

सुबह आयशा ने यह बात अपने पापा को बताई।

"आयशा, ऐसा कुछ नहीं है। तुम केवल जासूसी सीरियल देखती हो, इसलिए तुम्हारा दिमाग हर समय जासूसी करने में लगा रहता है। खिड़की बंद कर के सोया करो।" पापा बोले।

"नहीं पापा, दीदी सच कह रही हैं।" पुष्पक ने कहा।

"अच्छा, तो तुम दोनों पढ़ाई - लिखाई छोड़कर यही कर रहे हो। अपनी - अपनी पढ़ाई पर ध्यान दो।" दोनों को डांटकर पापा ऑफिस चले गए ।

"दीदी, इस बात को जानने के लिए आज हम कूड़ेघर में चलेंगे ।" पुष्पक बोला।

"हां, पुष्पक, मैं भी यही सोच रही हूं। मैं अपनी दोस्त रितु को भी साथ ले चलूंगी। हम तीनों रहेंगे तो हमें डर भी नहीं लगेगा। आज स्कूल में मैं उसे सब बता दूंगी। छुट्टी के बाद हम कूड़ेघर में चलेंगे।" कहकर आयशा पुष्पक के साथ स्कूल चली गई।

स्कूल में रितु ने कहा,“आयशा, अगर उस कूड़ेघर में कोई राज है तो मैं तुम्हारे साथ जरूर चलूंगी ।”

छुट्टी हुई तो रितु आयशा के घर आ गई । किसी मुसीबत में काम आने के लिए पुष्पक ने मम्मी का मोबाइल अपनी पेंट की जेब में छुपाकर रख लिया । मम्मी अपने काम में लगी थीं, इसलिए तीनों चुपके से बाहर आ गए।

बीच में सड़क थी । तीनों ने इधर - उधर देखा। फिर सबकी नजरें बचाकर कूड़ेघर के पास आ गए। वहां सन्नाटा था। कूड़े की बजबजाती बदबू उनकी नाक में घुसी तो झट से उन्होंने नाक पर रूमाल रख लिया।

कूड़ेघर का मेन गेट टूटा हुआ था। गेट के दोनों पल्लों को सटाकर लोहे के तार से बांध हुआ था। पुष्पक ने उसे खोला और धीरे से तीनों अंदर घुस गए। फिर उसी तरह दरवाजे को तार से बांध दिया।

भीतर घुसतेही वह हैरान रह गए। बाहर जितना कूड़ा - कचरा भरा था अंदर उतना ही साफ - सुथरा था। बीच में एक बड़ा सा हाल था।

“आयशा, तुम सच कह रही थी। जरूर इस घर मे कोई राज है।” रितु धीरे से बोली।

तीनों पूरे हाल में घूम - घूम कर हर चीज को ध्यान से देखने लगे। एकाएक पुष्पक की नजर एक कोने में बिखरी हुई बोतलों, ताश के पत्तों और जूठी थालियों पर गई।

वह बोला, “दीदी...दीदी, वह देखो, शराब की बोतलें।”

“अरे, यह तो बच्चों के स्कूल के बैग हैं ।” रितु ने टेबल के नीचे से 2 - 3 स्कूल बैग निकालते हुए कहा,“जो इधर - उधर फेंके गए थे। आयशा बैग में से कॉपी - किताबें निकालकर देखते हुए बोली, “रितु, लग रहा है यहां बच्चों को अपहरण करके रखा जाता है। कल रात मैंने एक - दो लोगों को कार में से कुछ निकाल कर इस घर में रखते हुए देखा था। शायद बच्चे...।”

“आह...”

आयशा अभी कह ही रही थी कि अचानक उन तीनों को किसी की हल्की सी कराहने की आवाज सुनाई दी।

“आयशा, तुमने कुछ सुना ?” रितु ने पूछा।

“हां,हां, रितु, सुना । लग रहा है उस बंद कमरे से आवाज आई है।” कहकर आयशा दौड़कर सामने वाले बंद कमरे की तरफ गई और धड़ाम से उसका दरवाजा खोला।

उसका अंदाजा सही था। फर्श पर 10 – 12 साल के 4 बच्चे रस्सियों से बंधे निढ़ाल पड़े थे। वे बेहोशी की हालत में थे। उन्हीं मेंसे एक बच्चे के सिर पर पट्‌टी बंधी थी, जो दर्द होने के कारण हल्की आवाज में कराह रहा था।

"रितु, पुष्पक,जल्दी से इनकी रस्सियां खोलो।" आयशा आगे बढ़ते हुए बोली।

तभी उसी कमरे में छुपकर बैठे दो बदमाश हाथों में पिस्तौलें लिए बाहर निकले । उन्हें देख तीनों चीख पड़े।

"तुम इन बच्चों को छुड़ाओगी और खुद ही पकड़ी गई।" कहते हुए एक बदमाश ने आयशा को पकड़ लिया। और दूसरे ने रितू तथापुष्पक को दबोच लिया।

"अंकल, हमें घर जाने दीजिए। हमारे मम्मी - पापा हमारा इंतजार कर रहे होंगे ।" तीनों झूठ – मूठ में रोने लगे।

"नही। हम तुम्हें यहां से नहीं जाने देंगे। तुम तीनों यहां का राज जान चुके हो । बिना मेहनत किए ही तुम बच्चे भी हमें मिल गए। हम आज रात इन चारोंबच्चों के साथ तुम तीनों को भी मुंबई भेजेंगे । वहां तुम सभी की किडनियां निकालकर उसे 1 – 1 या 2 – 2 लाख रूपये में बेचेंगे। हा हा हा ।" दोनों बदमाश ठठाकर हंस पड़े।

खुशी से दोनों बदमाश पहले रितु और आयशा को रस्सी से बांधने लगे। यह देख पुष्पक ने धीरे से पाकेट में से मोबाइल निकाला और पापा का सेव किया हुआ नंबर ओके कर बोला,"पापा, हमें बचाइए यह कूड़ेघर का बदमाश..."

"साला, तू यहां मोबाइल लेकर आया है।" एक बदमाश ने दहाड़ते हुए पुष्पक से मोबाइल छीनकर पटक दिया। फिर पहले उसे ही बांधने लगा।

"भगत सेठ, यह बच्चा बहुत तेज है। जल्दी से इसे बेहोशी की सुई दो ।" वह बदमाश बोला।

यह सुनकर पुष्पक के साथ रितु और आयशा भी कांपने लगे ।

भगत सेठ नामक बूढ़े बदमाश ने झटपट सीरिंज में दवा तैयार की । वह पुष्पक को सुई लगाने के लिए आगे बढ़ा ही था कि तभी उसके पापा बाहर का दरवाजा तोड़ कर पुलिस को लेकर धड़धड़ाते हुए वहां आ गए।

बदमाश संभलते उससे पहले ही पुलिस ने उन्हें दबोच लिया।

पापा ने सब बच्चों की रस्सियां खोली। रितु, आयश और पुष्पक ने पुलिस इंस्पेक्टर विनय को कूड़ेघर का राज बता दिया । चारों बच्चे अभी भी बेहोश ही थे। सिपाही उन्हें अस्पताल ले जाने का इंतजाम करने लगे।

अचानक आयशा के पापा भगत बदमाश को देख चौंक पड़े,

"अरे, भगत राम तुम ? तुम जेल से कब छूटे और अपने ही घर में छुपकर रह रहे हो ?"

भगत राम ने इंस्पेक्टर विनय को बतलाया कि वह तीन साल से अपने इसी घर में छुपकर रह रहा था। कूड़े का फायदा उठाकर वह सभी जगहों से बच्चों का अपहरण करके उन्हें यही रखता था। फिर बाद में उन्हें मुंबई या दूसरे शहर में भेज देता था।

इंस्पेक्टर विनय ने रितु, आयशा और पुष्पक की पीठ थपथपाते हुए कहा, "शाबाश बच्चो, आज तुमने अपनी सूझ - बूझ और बहादुरी से एक बहुत बड़े गिरोह का पर्दाफाश किया है। तुम्हीं लोगों के कारण इन चारों बच्चों की जान भी बची है। मैं सरकार से तुम तीनों को बहादुरी का पुरस्कार दिलवाऊंगा।"

यह सुनकर तीनों बच्चे मुस्करा दिए।

7

कालकोठरी

आज मेरा जन्मदिन है। पर मैं बहुत दुखी हूं। चाह कर भी मैं अपना जन्मदिन सेलिब्रेट नहीं कर सकता। सोचा था कोई और नहीं तो कम से कम मेरी मम्मी यहां आकर मुझे मेरे जन्मदिनकी बधाई देंगी, पर वह भी नहीं आईं।

जी चाह रहा है खूब रोऊँ । अब रोना तो मेरी जिंदगी बन गया है। मैं यहां जब तक रहूंगा तब तक अपनी एक गलती को याद कर - करके सिर्फ और सिर्फ रोता ही रहूंगा । यहां मेरे आंसू पोंछने वाला कोई नहीं है। रो कर खुद ही आंसू पोंछता हूं ।

इस घुटन भरे माहौल से, इस अंधेरे कमरे से मैं निकल कर भाग जाना चाहता हूं । पर मैं ऐसा कुछ भी नहीं कर सकता। मैं अपनी ही उम्र के चोर, बदमाश, पाकेटमार लड़कों के साथ यह नरक वाली जिंदगी जी रहा हूँ । ये लड़के तो खैर अपनी 6 माह या 1 साल की सजा भुगत कर यहां से चले जाएंगे । पर मुझे अभी 6 साल तक इसी काल कोठरी में सड़ना है।

कैसे कहूं कि मैं मात्र 17 साल का एक खूनी लड़का हूं।

मैं शहर के सबसे प्रतिष्ठित अटल बिहारी वाजपयी विश्वविधालय में आई. एस. सी. द्वितीयवर्ष का छात्र था। अपनी कक्षा में मैं ही सभी लड़कों का बौस था । मैं अपनी अंगुलियों पर कालेज के सभी लड़कों, यहां तक कि प्रोफेसरों को भी नचाता था । प्रिंसिपल की भी मेरे सामने घिग्घी बंध जाती थी । जानते थे कि मैं शहर के जाने - माने जज का इकलौता बेटा हूं।

मैं हमेशा इसी गलत फहमी में रहता था कि मैं चाहे कुछ भी अच्छा –बुरा करूं मेरा कुछ बिगड़ने वाला नहीं है, अगर मैं कोई ऐसा वैसा काम भी कर दूंगा तो मेरे पापा जज हैं। वह चुटकी बजाते हुए ही सब ठीक कर देंगे और इसी कारण मैं सारे नियम कानून तोड़ने वाला अमीर बाप की एक बिगड़ी हुई औलाद बन गया था ।

मुझ जैसे ही मेरे तीनों दोस्त जीत, सागर और प्रीतम 'एल. एल. बी' यानी लुच्चे, लफंगे और बदमाश थे।

कालेज में इंटर, आई कॉम, और आई. एस. सी. के आने वाले नए छात्रों को हम रैंगिग के बहाने खूब सताते और तड़पाते थे।

पिछले साल दो जुलाई को मेरा जन्म दिन था। मैं बहुत खुश था। शाम को शानदार पार्टी होने से पहले पापा ने मुझे एक महंगी कार तोहफे में देने का वादा किया था।

उस दिन मैं अपने तीनों दोस्तों के साथ कालेज जल्दी आ गया था। आई. एस. सी. प्रथम वर्ष की कक्षा के बाहर हम बैठे हम पान मसाला चबा रहे थे। उस दिन 5 नए लड़के कालेज आए थे। वे सब लाइन में खड़े थे।

रैंगिग का रिवाज निभाते हुए मैं सब का नाम पता पूछ किसी लड़के से डांस करने के लिए कहता तो किसी से अपने पैर दबवाता। तब उन्हें कक्षा में जाने देता।

चौथे लड़के ने मेरे पैर दबाने से इनकार कर दिया तो मैंने उसे एक थप्पड़ लगाया। वह बेचारा रोता हुआ घर भाग गया।

उस दिन सोच रहा था कि आज मैं रैंगिग के नाम पर किसी लड़के को इतना परेशान करूं कि आज का मेरा जन्मदिन यादगार बन जाए और सच में इतना यादगार बना कि मैं यहां पहुंच गया।

4 लड़कों से निबट 5 वें लड़के की बारी आई। मैं अभी उससे कुछ पूछता इस से पहले वह डर से थर-थर कांपने लगा। यह देख मैं दोस्तों के साथ खिल-खिला पड़ा। वह दुबला-पतला गोरा लड़का हाथों में कापी किताबें लिए अपनी नजरें नीचे झुकाए हुए था। उस के गाल पिचके हुए थे। उस ने अपने ललाट पर रोली का टीका लगाए सिर पर टोपी पहन रखी थी।

"पंडित जी, अपनी नजरें ऊपर तो उठाइए।" सागर उस की ठुड्डी को ऊपर उठाते हुए बोला डर के कारण उस लड़के की आंखों में आंसू आ गए थे। मेरे पूछने पर उस ने अपना नाम विशाल कुमार और पिता का नाम अजय प्रसाद बताया था।

"तुम्हारा बाप क्या करता है? मैंने पूछा।

"जी, वह सब इंस्पेक्टर हैं।"

"अरे, वाह, तब तो तुम्हें परेशान करने में मुझे बड़ा मजा आएगा।

"देखिए भैया, मुझे कक्षा में जाने दीजिए।" विशाल ने मेरे सामने हाथ जोड़ दिए।

"अरे, सब इंस्पेक्टर का बेटा इतना डरपोक होगा। मुझे आज पता चला। अच्छा, जा कक्षा में।" मैं बोला।

वह जल्दी से कक्षा में जाने लगा । तभी मैं ने कुर्सी पर बैठे - बैठे अपने पैर से उस के पैर में धक्का मार दिया। वह धड़ाम से कक्षा की चौखट के पास गिर पड़ा । यह देख मेरे साथ दूसरे लड़के भी ठठा कर हंस पड़े। विशाल उठ कर खड़ा हुआ और आंसू बहाते हुए अपने कपड़े और टोपी झाड़ने लगा।

"अरे, विशाल, तेरा बाप पुलिस वाला है । कम से कम तू अपने बाप की इज्जत को रख। हमसे मुकाबला कर।" मैं ने उसे उकसाया।

"भैया, मैं लड़ने – झगड़ने वाला लड़का नहीं हूं। प्लीज, आप मुझे कक्षा में जाने दीजिए।" कहते हुए विशाल सिसकने लगा।

मैंने उसे कक्षा में जाने के पहले एक गाना गा कर सुनाने को कहा, लेकिन वह गाने में बिल्कुल जीरो निकला।

"सिगरेट पीता है ?"जीत ने विशाल के मुंह पर सिगरेट का धुआं फेंकते हुए पूछा।

उस ने ना में सिर हिलाया ।

मुझे गुस्सा आ गया,"तू ना गाना गाता है और न ही सिगरेट पीता है, तो आखिर करता क्या है ?"

"सिर्फ पढ़ता हूं।" विशाल ने सीधे से कहा।

"हुंह,पढ़ता है। मैं जज का बेटा होकर केवल मस्ती करता हूं और तू घूसखोर पुलिस वाले का बेटा क्या पढ़ेगा ?"

"देखिए, मेरे पापा घूसखोर नहीं हैं। वह एक ईमानदार पुलिस वाले हैं ।" पहली बार विशाल गुस्से से बोला।

उस का गुस्से से बोलना मुझे अपना अपमान लगा। अब मैंने विशाल को और परेशान करने के बारे में सोच लिया। ताकि देखूं, मुझ जज के बेटे का उस का ईमानदार बाप क्या करता है ?"

मैंने अपनी नजरें ऊपर उठाई । अपने कालेज की 5 वीं मंजिल को देख मेरे दिमाग में एक आइडिया आया। मैं मन ही मन मुस्कुराते हुए बोला,"देख, विशाल, तू इस कालेज की 5 वीं मंजिल की छत पर जा और लौट कर आ जा। यह काम तुझे3 मिनट के अंदर करना पड़ेगा। अगर यह काम तूने 3 मिनट के अंदर नहीं किया तो तुझे 1 माह तक कक्षा में जाने नहीं दूंगा और हां,सीढ़ियों से जाना । लिफ्ट का इस्तेमाल भूल कर भी मत करना।"

"भैया, ऐसी सजा मुझे मत दीजिए । मैं जल्दी - जल्दी सीढ़ियों पर चढ़ता हूं तो हांफने लगता हूं। 3 मिनट में मैं 5 वीं मंजिल तक जा कर नहीं आ सकता । मुझे दमे की बीमारी है।" विशाल गिड़गिड़ाने लगा।

उस के यों गिड़गिड़ाने का मुझ पर कोई असर नहीं हुआ। मैं ने उस की कापी - किताबें छीन लीं और उसे सीढ़ियों पर धकेलते हुए घड़ी देख कर बोला,“जा, तेरा टाइम शुरू हो गया।”

विशाल मरता क्या न करता । वह जल्दी - जल्दी सीढ़ियां चढ़ने लगा। 5 वीं मंजिल पर पहुंच उस ने हाथ हिलाया और झटपट नीचे आने के लिए दौड़ा।

ढ़ाई मिनट में ही वहमेरे सामने आ कर खड़ा हो गया।वह बुरी तरह से हांफ रहा था। साथ में उसे खांसी भी हो रही थी।

मैंने खुश होकर उसकी पीठ थपथपाई,“वाह विशाल, तूने तो कमाल कर दिया। ढ़ाई मिनट में ही 5 वीं मंजिल पर से जा कर आ गया। भई, तूने तो रिकार्ड बना दिया। अब यह सिगरेट पी कर तू कक्षा में चला जा ।” उसे अपनी सिगरेट देते हुए मैंने कहा।

“न... न... न... नहीं, मैं सिगरेट नहीं पी...” विशाल ने सिगरेट फेंक दी। हांफने के कारण वह साफ नहीं बोल पा रहा था।

विशाल के द्वारा सिगरेट फेंके जाने से मैं गुस्से से आगबबूला हो गया। मैंने उस की पीठ पर 2 – 3 मुक्के जोर से मारे। वह दर्द से रोते हुए चीख पड़ा। फिर मैंने फर्श पर से उस सिगरेट को उठा कर उस के मुंह में ठूंस दिया, “चल पी ....”

विशाल ने मेरे डर के मारे आंखों में आंसू लिए एक पर एक सिगरेट के 5 – 6 कश ले लिए, पर धुंए को बाहर नहीं निकाला। पहली बार सिगरेट पीने के कारण उसे नाक से धुआं निकालना नहीं आया।

अचानक सिगरेट फेंक अपनी छाती पकड़ हांफते हुए वह जमीन पर पसर गया।

खांसी तो उसे पहले से हो ही रही थी । फेफड़े के अंदर धुआं रह जाने की वजह से उस की खांसी और बढ़ गई। फेफड़े की जलन के कारण वह छाती पकड़ कर खूब जोर - जोर से खांसते हुए जमीन पर लोटने लगा।

हमें कुछ समझ में नहीं आया। वहां दूसरे छात्रों की भीड़ लग गई। विशाल की ऐसी हालत देख भीड़ में से कोई लड़का प्रिंसिपल सर को बुलाने चला गया।

अभी कोई कुछ समझता कि बहुत खांसी होने के कारण विशाल के मुंह से अचानक खून की उल्टियाँ होने लगीं और उस की आंखें ऊपर की ओर टंग गईं ।

प्रीतम नेमुझ से चिल्ला कर कहा,“भागो गौरव भागो, लग रहा है शायद यह मर गया ...”

यह सुन कर मेरे ऊपर आसमान टूट पड़ा और बदहवासी में मैं, जीत, सागर और प्रीतम भीड़ को चिरते हुए भागने लगे।

प्रिंसिपल सर डाक्टर थे । उन्होंने विशाल की नब्ज देखी और उस की आंखों को ढकते हुए गेट के पास खड़े वाचमैन से चीख कर कहा,"बहादुर, उन चारों लड़कों को पकड़ों, जिन्होंने इस मासूम की जान लेली।"

मैं, सागर और प्रितम भागने में सफल हो गए, पर जीत पकड़ा गया। बहादुर ने उसे खूब मारा । विशाल इतनी जल्दी मर जाएगा, मुझे विश्वास नहीं हो रहा था।

कालेज में तुरंत पुलिस आ गई। विशाल के पापा पास के ही एक गांव के थाने में ड्यूटी पर थे। खबर पाते ही वह और उनका परिवार कालेज में आए। विशाल के पापा और उस की मम्मी उसे छाती से लगाए इतने चीख - चीख कर रो रहे थे कि वहां मौजूद सारे लोग रो पड़े। विशाल की इस दर्दनाक मौत पर कालेज में आए नए छात्र और शहर के लोग बहुत उत्तेजित हो गए थे।

मैं और मेरे दोनों दोस्त इधर - उधर छुप रहे थे । जीत ने हम तीनों के नाम विशाल के पापा को बतला दिए था । वह हमें पागलों की तरह ढूढ़ रहे थे।

रात को मैं सब की नजरों से बचते हुए अपने घर आया। मेरा जन्मदिन तो खैर, मना ही नहीं मेरे घर में मातम छाया था। आखिर उस घर का इकलौता बेटा खूनी जो बन गया था।

पहली बार मेरे पापा ने मेरे गालों पर थप्पड़ मारा,"तुम ने अपनी नालायक हरकतों के कारण आज मेरे जज के रूतबे को मिट्टी मे मिला दिया। यह तुम ने क्या किया गौरव..." कह कर वह फूट - फूट कर रो पड़े।

तभी विशाल के पापा ने बहुत सारे सिपाहियों के साथ हमारे घर पर धावा बोल दिया। मुझे देखते ही वह अपने आपे से बाहर हो गए। मैं इस लड़के को जिंदा नहीं छोड़ूगा । इसे भी मेरे बेटे की तरह मरना होगा..."

दूसरे इंस्पेक्टर और कुछ सिपाहियों ने उन्हें पकड़ा अन्यथा, वह मुझे वहीं मार डालते।

पुलिस इंस्पेक्टर मुझे हथकड़ी पहना कर ले जा रहा था और मैं चीख चीख कर रोते हुए पापा से कह रहा था पापा मुझे बचा लीजिए । मुझसे गलती हो गई.....

जिस जज पापा पर मैं घमंड करता था उस दिन उन की सारी जजी विशाल के पापा के सामने फेल हो गई थी। अपराधी की तरह पुलिस के साथ मुझे जाते देख मम्मी बेहोश हो गईं थीं। पापा को भी गहरा सदमा लगा था।

अगले दिन अखबारों में जब मेरी तस्वीर एक हत्यारे के रूप में छपी तो मेरे घर वाले खून के आंसू रो रहे थे। पूरे शहर में पापा की बदनामी हुई। मुझ जैसी औलाद पर हर कोई थूक रहा था।

विशाल के पापा जब-जब मुझे लॉक अप में देखते उन का खून खौल उठता था। आखिर उन का खून खौलना सही था। उन की जगह कोई दूसरा पिता भी होता तो उस की भी वहीं स्थिति होती। विशाल के पापा के हाथ कानून से बंधे थे। नहीं तो वह मुझे जिंदा जमीन में गाड़ देते।

सागर और प्रितम भी जल्द ही पकड़े गए। कालेज में मैंने जितने सारे लड़कों को रैंगिग की आड़ में मारापीटा था, वे सब मेरे खिलाफ हो गए थे। जीत, सागर और प्रितम सजा पाने के डर से सरकारी गवाह बन गए। मैं उन दोस्तों पर अपने सारे रूपये खर्च करता था पर मुसीबत के समय वे भी मेरे खिलाफ हो गए।

विशाल के पापा तो मुझे फांसी पर लटकाना चाहते थे पर मेरी नाबालिग उम्र को देखते हुए मुझे सात साल की सजा मिली। मेरे जज पापा चाह कर भीइस सजा को और कम नहीं करा पाए। जिस दिन कोर्ट में एक दूसरे जज ने मुझे यह सजा सुनाई तो पापा-मम्मी खून के आंसू रो रह थे।

दोस्तो, आज मैं तुम सब से कह रहा हूँ, तुम लोग कभी भी मेरी तरह किसी भी लड़के को रैंगिग की आड़ में या अपने पिता के बड़े अधिकारी होने के घमंड में इतनी धौंस मत जमाना कि तुम्हारी भी स्थिति मेरी तरह हो जाए। मेरी तरह तुम्हारा भी भविष्य और कैरियर अंधेरे में न डूब जाए। वैसे भी क्या जरूरत है रैंगिग करने की ? जरूरी है कि हम सीनियर जूनियरों की रैंगिग करें ? क्या उनका स्वागत नहीं कर सकते हैं ? अब फैसला तुम सभी को करना है। भविष्य मे आने वाले जूनियर छात्रों की रैंगिग कर के मेरी तरह इस कालकोठरी में सड़ना है या उन्हें रैंगिग जैसे कीडे से मुक्ति दिलानी है।

8
बदल गई

इस बार दीवाली में तान्या ने एक सुंदर सा लकड़ी का घरौंदा बनाने की सोची थी। लकड़ी की छोटी - छोटी फट्टियां, हथौड़ी, कीलें और लकड़ी काटने वाली छोटी आरी जुटाकर वह अपने कमरे में ही घरौंदा बनाने में जुट गई।

उसके कमरे से आती ठक - ठक की आवाज सुन मम्मी ने उससे पूछा, "क्या कर रही हो तान्या बेटी?"

"ममा, मैं लकड़ी का घरौंदा बना रही हूं।" उसने आरी से लकड़ी की एक फट्टी काटते हुए कहा।

"बेटी, इससे अच्छा तो मिट्टी का घरौंदा रहता। तुम कहो तो मैं...।"

"ममा, मुझे मिट्टी –विट्टी अच्छी नहीं लगती। बहुत गंदी चीज है वह। देखना, मैं लकड़ी का 7 मंजिल का बहुत ही सुंदर घरौंदा बनाऊँगी। गर्व से तान्या बोली।

मम्मी हंसते हुए चली गईं।

सोनी झाड़ू लेकर तान्या का कमरा साफ करने आई। वह तान्या की हमउम्र उस घर की नौकरानी थी। तान्या उसे बिल्कुल पसंद नहीं करती थी। वह गांव की रहने वाली सीधी - सादी थोड़ी काली लड़की थी जबकि तान्या थी आधुनिक विचारों वाली 9 वीं कक्षा की छात्रा।

सोनी हाथ में झाड़ू लेकर तान्या को घरौंदा बनाते देख रही थी। उसने देखा कि तान्या ने 12 – 12 इंच के लगभग पतली - पतली फट्टियों को दाएं - बाएं और उसके पीछे तीनों तरफ से घेरकर उसके ऊपर एक मोटा तख्ता रखकर उसे कील से ठोंक दिया, लेकिन उसे छूने पर धड़ाम से नीचे गिरने का डर था।

यह देख सोनी से रहा न गया। वह बोल पड़ी, "दीदी, तीनों पतली फट्टियों की जगह चार मोटी फट्टियां लगाइए, नही तो यह ऊपर की सारा भार नहीं थाम

सकेंगी।

“ऐ...ऐ... काली, अपनी काली जुबान बंद कर। मुझे तेरी सलाह नहीं चाहिए। समझी। मैं पतली फट्टियों पर ही घरौंदा बनाऊँगी ।” तान्या गुस्से में बोली । वह सोनी को ‘काली’ कहकर ही संबोधित करती थी।

“आपकी जैसी मर्जी...। अच्छा, अपना सामान हटाइए मुझे सफाई करनी है।” सोनी सहमते हुए बोली।

“मेरा कमरा साफ करने की तुझे कोई जरूरत नहीं है। तू दीवाली तक मेरे कमरे में मत आना, नहीं तो उल्टी - सीधी राय देकर मेरा मुड ऑफ़ कर देगी। देखना,मैं इन्हीं पतली फट्टियों पर ही मंजिल का खूबसूरत घरौंदा बनाऊँगी, जो आज तक तो तूने कभी देखा भी नहीं होगा। अब जाकर किचन का काम कर ।” तान्या ने उसे डांटते हुए कहा।

सोनी चुपचाप बाहर चली आई। उसकी आंखें भरी हुई थीं। मम्मी ने देखा तो समझ गईं। सोनी के आंसू पोंछते हुए बोलीं,“मत रो सोनी, हमारे लाड़ प्यार ने ही तान्या को इतना ढीठ बना दिया है। क्या करूं इकलौती लड़की है, गुस्से में खाना - पीना सब छोड़ देती है। मैं जानती हूं कि दीवाली के दिन वह अपना घरौंदा मिठाई से तुम्हें नहीं भरने देगी। तुम्हारा भी घरौंदा भरने का मन करेगा। इसलिए तुम भी छत पर जाकर अपने लिए एक मिट्टी की घरौंदा बना लो।”

“सच चाचीजी, मैं भी अपने लिए एक घरौंदा बना लूं?”सोनी ने खुशी से पूछा ।

“हां।”

“आप कितनी अच्छी हैं। मैं बरतन मांजकर छत पर घरौंदा बनाने जाऊँगी।” कहकर सोनी खुशी से रसोई घर में चली गई।

अपना सारा काम निबटा कर वह छत पर गई। छत की मुंडेर पर ईटें रखी थीं। उसने वहां से 7 ईटें उठाई। फूल के गमलोंमें मिट्टी रख पानी डालकर उसे आटे की तरह गूंध लिया।

छत की मुंडेर से सटाकर पहले जमीन पर मिट्टी लगाकर 2 ईटें बायीं तरफ और 2 दायीं तरफ एक सीध में रखकर उन्हें अच्छी तरह मिट्टी से जोड़ दिया। फिर दोनों तरफ की ईटों के ऊपर से एक मोटी तख्ती रखकर मिट्टी लगाकर ढ़क दिया, बिल्कुल एक कमरे की तरह। घरौंदे की पहली मंजिल बन गई। उसे सूखने के लिए छोड़ दिया।

सुबह तान्या छत पर टहलने गई, तो मिट्टी का वह घरौंदा बना देख आग बबूला हो गई।

नीचे आकर उसने मम्मी से पूछा,‘ममा, छत पर काली घरौंदा बना रही है?”

"हां, मैंने ही उससे कहा था।" मम्मी ने कहा ।

"क्या जरूरत थी आपको कि वह अपने लिए घरौंदा बनाए? नौकरानी है तो नौकरानी की तरह रहे..."

"बेटा, यह दीवाली अमीर - गरीब, मालिक - नौकर सभी के लिए है। घरौंदा बनाने से उस गरीब को थोड़ी खुशी मिल जाती है तो यह कितनी अच्छी बात है।" पापा ने कहा। उन्होंने पूछा,"मेरी बिटिया, कैसा घरौंदा बना रही है, मुझे नहीं दिखलाएगी?"

"हां, पापा, मेरे कमरे में चलिए।"

तान्या पापा का हाथ पकड़कर अपने कमरे में ले गई। बेटी के हाथों से बने 7 मंजिल के घरौंदे को देख पापा खुश हो गए। तान्या ने घरौंदे को रंगीन कागज और बल्बों से सजाने के लिए पापा से 4 सौ रुपए मांगे। पापा ने उसे खुशी से दे दिया।

शाम को सोनी ने अपना घरौंदा देखा। वह सूख गया था। उसने उसके ऊपर दोनों तरफ और एक - एक ईंट रखकर ऊपर से छोटी तख्ती से ढककर मिट्टी लगा दी। पहली मंजिल पर उसने जो आधी ईंट की जगह छोड़ी थी, वहां दोनों तरफ पतली - पतली दातुन से खिड़की बनाई। बीच में दरवाजा बनाया। पहली मंजिल की दायीं तरफ से दूसरी मंजिल पर जाने के लिए दातुन से ही सीढ़ी बनाई।

दूसरे दिन घरौंदा सूख गया और मिट्टी में दरारें पड़ गई थी। उसने मिट्टी में गोबर मिलाकर पूरे घरौंदे को अच्छी तरह से लीप दिया। वह अपना छोटा मगर प्यारा घरौंदा देख बहुत खुश थी।

इधर तान्या ने भी अपना 7 मंजिल का घरौंदा तैयार कर लिया था। खूबसूरत घरौंदा देख वह खुशी से पागल हो रही थी। उसने सातों मंजिल को 7 रंग के रंगीन कागजों से चिपकाया था। सातवीं मंजिल पर 'डिश एंटीना'खड़ा था। खिड़की, सीढ़ी और दरवाजे सब लाल - पीले थे।

घर में पुताई हो रही थी। सोनी ने थोड़ा सा चूने,लाल,पीले और हरे रंग से अपने घरौंदे को रंग दिया तो मिट्टी का घरौंदा भी खिल गया।

आज दीवाली थी। तान्या बहुत खुश थी। आखिर उसका 7 मंजिल का घरौंदा बनाने का सपना जो पूरा हो गया था। उसने घरौंदे को रंगीन बल्बों से सजा दिया।

शाम को वह नया - नया लंहगा पहन कर घरौंदा भरने के लिए इंतजार करने लगी। मम्मी - पापा ने गणेश - लक्ष्मी जी की पूजा करने के बाद उसे घरौंदा भरने को कहा ।

मम्मी ने पीतल की थाली में मोतीचूर के लड्डू, लावा, चूरा, मेवा, और फल लाकर कमरे में रख दिए। सोनी मिट्टी के छोटे - छोटे बर्तन थाली, कड़ाही, लोटा,

गिलास, और पतीला आदि लाई। मम्मी - पापा तान्या के हाथों का बना खूबसूरत घरौंदा देख खुशी से फूले जा रहे थे। रंगीन बल्बों की रोशनी में घरौंदा जगमगा रहा था।

"पापा यह देखिये, यहां लान है। यहां आपकी कार रहेगी। ममा, आंगन में आपकी तुलसी जी भी हैं। पापा, यहां से मैंने सीढ़ी बनाई है। दूसरी मंजिल पर टी.वी. भी बनाया है। तीसरी मंजिल पर मेरा स्टडी रूम, पांचवी पर आप लोगों का बेडरूम, छठी पर मेरा बेडरूम और सांतवीं पर छत तथा डिश एंटीना..."

तान्या हरेक मंजिल पर हाथ रख खुशी से बता रही थी कि अचानक उसकी चूड़ियां रंगीन बल्बों के तार में उलझ गई।

उसने तार को हल्के से बिजली बोर्ड में खोंसा था। चूड़ियों को तार से अलग करने के चक्कर में तार बिजली बोर्ड से खिंच गया और रंगीन बल्बों की रोशनी बुझ गई।

"बेटा, तुम घरौंदा भरने की तैयारी करो। मैं तब तक तार लगाता हूँ।" पापा ने कहा।

तान्या एक झटके से पीछे मुड़ी कि उसका लहंगा चौथी मंजिल की नुकीली सीढ़ियों में फंस गया। उसने जोर से अपना लहंगा सीढ़ियों से छुड़ाया तो घरौंदे का संतुलन बिगड़ गया और पकड़ते - पकडते में वह रंगीन बल्बों सहित धड़ाम से फर्श पर गिर कर टूट गया।

तान्या को अपना लहंगा फटने का उतना दुख नहीं था, जितना घरौंदे के टूट जाने का।

वह जोर - जोर से रोने लगी, "मेरा घरौंदा टूट गया ... टूट गया। मैंने इसे अभी भरा भी नहीं और यह टूट गया...। ममा, पापा, अब मैं घरौंदा कैसे भरूंगी? कितने अरमानों से मैंने यह घरौंदा बनाया था और यह...।"

मम्मी - पापा भी दुखी हो गए।

"मत रो बेटा, अभी मैं बाजार से तुम्हारे लिए नया घरौंदा खरीदकर लाता हूँ।" पापा ने उसके आंसू पोंछते हुए कहा, "यह तो शुक्र मनाओ कि मैंने रंगीन बल्बों का तार बिजली के बोर्ड में नहीं लगाया था, नहीं तो अभी बहुत बड़ा हादसा हो जाता।"

फिर पापा की नजर पहली मंजिल के तीनों तरफ घेरे पतली और ऊपर मोटी - मोटी फट्टियों पर गई। वह बोले, "बेटा, आपने घरौंदा तो बनाया पर इसकी नींव ही कमजोर बना दी थी। पतली पटरियों की जगह मोटी देनी चाहिए थी ताकि वो अपने ऊपर सारा भार थाम सकें।

"पापा, जिस दिन मैंने घरौंदा बनाना शुरू किया था, उस दिन काली ने मुझे पतली फट्टियां लगाने से मना किया था, पर मैंने उसकी बात नहीं मानी। अगर मान जाती तो आज मेरा 7 मंजिल का घरौंदा..."तान्या फूट - फूट कर रो पड़ी।

"दीदी, जो हो गया सो हो गया। आप इस तरह मत रोइए। मैंने मिट्टी का एक छोटा घरौंदा बनाया है, चाहे तो आप उसे ही भर सकती हैं, पर आपकी तरह मेरा घरौंदा सुंदर नहीं है।" सोनी ने कहा।

"कोई बात नहीं। मेरी बेटी आज मिट्टी का ही घरौंदा भरेगी? क्यों बेटा, सोनी का घरौंदा भरोगी ना?"मम्मी ने पूछा।

तान्या ने 'हा' में सिर हिलाया। सोनी तान्या को लेकर छत पर गई। पीछे से मम्मी - पापा भी सारा सामान लेकर छत पर आ गए।

मिट्टी की दो मंजिल का छोटा सा सुंदर घरौंदा देख तान्या को विश्वास नहीं हुआ कि यह सोनी ने बनाया है। भले ही उसने 7 मंजिल का घरौंदा बनाया था पर उसे वहीं छोटा घरौंदा बड़ा सुंदर लग रहा था।

मम्मी ने मिट्टी के दीये जलाए। उसकी रोशनी में घरौंदा जगमगा उठा। मम्मी ने मिट्टी की थाली में ही मिठाई रखकर तान्या को घरौंदा भरने को दी।

"ममा, मैं घरौंदा सोनी के साथ ही भरूंगी।" तान्या ने कहा तो मम्मी - पापा उसे हैरानी से देखने लगे।

"सोनी, तुम मेरे साथ घरौंदा भरोगी ना ?"

सोनी ने खुशी से 'हा' कहा।

मम्मी ने सोनी को भी मिट्टी की थाली में लड्डू रखकर दिया।

तान्या और सोनी ने मिलकर खुशी - खुशी फल, मिठाई और लावा से घरौंदा भर दिया। मम्मी ने मंगल गीत गाया और पापा के साथ सबने पटाखे छोड़े।

"सोनी, मुझे माफ कर दो... मैं हमेशा तुम्हें डांटती रहती थी, पर तुम्हारी वजह से ही मैंने आज घरौंदा भर कर दीवाली मनाई है।"

"कोई बात नहीं दीदी..."

"दीदी नहीं सिर्फ तान्या कहो। आज से मैं तुम्हारी सहेली हूँ। तुम्हें दीवाली की खूब सारी बधाई। हमारी दोस्ती इस दीये की रोशनी की तरह हमेशा जगमगाती रहे।" कहकर तान्या ने सोनी को गले से लगा लिया।

दीवाली में तान्या का बदला हुआ रूप देख कर मम्मी - पापा खुश हो

9

बेटे का फर्ज

सभी छात्र अपना - अपना मैट्रिक का परीक्षा का प्रवेश पत्र लेने स्कूल जा रहे थे। सब बहुत खुश थे। परीक्षा केन्द्र पटना के हाई स्कूल में पड़ा था। दो - तीन लड़के मयूर को पकड़कर स्कूल लाए ताकि वह भी अपना प्रवेश पत्र ले सके पर मयूर अपना प्रवेश पत्र नहीं ले रहा था। लड़को ने इसकी शिकायतप्रिंसिपल सर से कर दी।

उन्होंने मयूर को अपने केबिन में बुलाकर पूछा,"क्यों मयूर, तुम अपना परीक्षा प्रवेश पत्र क्यों नहीं ले रहे हो ?"

"सर, मैं इस बार परीक्षा नहीं दूंगा ..."

"क्या कहा तुम परीक्षा नहीं दोगे पर, क्यों ? कितनी अच्छी जगह सेंटर पड़ा है। तुम अपना भविष्य चौपट करना चाहते हो ?" सर ने उसकी बात काटकर थोड़े गुस्से से कहा।

"सर, जिस दिन पटना में मेरी परीक्षा शुरू हो रही है उसी दिन पटना के आई हॉस्पिटल में मेरे दादा जी का मोतियाबिन्द का ऑपरेशन होने वाला है। मेरे दादा जी की एक आंख में मोतियाबिन्द पक गया है। अगर ऑपरेशन नहीं हुआ तो..."कहते - कहते मयूर की आंखें छलक पड़ी।

"पर मयूर, तुम्हारे घर में और भी तो लोग होंगे। वे तुम्हारे दादाजी के साथ चले जाएंगे।"

"सर,मेरी सौतेली माँ मेरे पापा को नौकरी पर से यहाँ आने नहीं दे रही है । पापा चार साल से कोलकत्ता से नहीं आ रहे हैं, वहीं मम्मी के साथ कोलकत्ता प्लास्टिक कम्पनी में नौकरी करते हैं और उनके बच्चों के साथ रहते हैं । मेरा तो सिर्फ एक साल बर्बाद होगा पर दादा जी का ऑपरेशन नहीं हुआ तो उनकी एक आँख सदा के

लिए चली जाएगी। प्लीज, आप मुझ पर परीक्षा देने के लिए दबाव मत डालिए।" कहकर मयूर चला गया।

सर नम आंखों से उसे जाते हुए देखते रह गए।

9 मार्च की सुबह आरा स्टेशन पर स्कूल के दसवीं कक्षा के सारे बच्चे ट्रेन के इंतजार में थे। वे सब मैट्रिक की परीक्षा देने पटना जा रहे थे। सब आपस में परीक्षा की ही बातें कर रहे थे। वहीं पत्थर की बेंच पर मयूर अपने दादा जी के साथ उदास बैठा था।

"बेटे, मयूर आज प्लेटफार्म पर इतनी भीड़ क्यों है ? ये सब लड़के कहाँ जा रहे हैं ?" दादा जी ने अपनी धुंधली आँखों से लड़कों के झुण्ड को देख कर पूछा।

"दादा जी, ये सब परीक्षा देने पटना जा रहे हैं।"

"बेटे, तेरी भी तो परीक्षा होने वाली थी न !"

"हाँ दादा जी, पर मेरी परीक्षा होने में अभी बहुत समय है। यह सब दूसरी परीक्षा देने जा रहे हैं।" मयूर ने दादा जी से झूठ बोला ताकि दादी जी को दुःख न हों कि उनके कारण उसने परीक्षा न देने का फैसला किया है।

मयूर के मन में दादा जी का ऑपरेशन करवाने की ख़ुशी तो थी, पर मन के एक कोने में उसे परीक्षा न देने का बहुत दुःख भी था।

वह 9 वीं कक्षा से ही मैट्रिक की परीक्षा की तैयारी कर रहा था ताकि अच्छे नम्बरों से फर्स्ट डिविजन में उत्तीर्ण होकर अच्छे कालेज में दाखिला ले सके।

प्रिंसिपल सर अपने छात्रों को शुभकामनाएँ देने स्वयं स्टेशन पर आये हुए थे। वह सभी छात्रों को चीटिंग न करने की सलाह दे रहे थे।

तभी पैसेंजर ट्रेन आने की सूचना हुई। एक ही साथ अप और डाउन दोनों तरफ की ट्रेनें आकर प्लेटफार्म पर रुक गई। सभी दौड़ - दौड़ कर अपनी - अपनी ट्रेन पर चढ़ने लगे।

मयूर दादा जी का हाथ पकड़े पीछे चला गया, क्योंकि प्लेटफार्म पर भीड़ बढ़ती जा रही थी। प्रिंसिपल सर ने उसे जाते हुए देखा।

मयूर ने पिछली बोगी में पहले आराम से दादी जी को चढ़ा दिया फिर जैसे ही वह चढ़ने लगा किसी ने उसका हाथ पकड़ नीचे प्लेटफार्म पर उतारते हुए कहा, "मयूर, तुम बाबा का ऑपरेशन करवाने नहीं जाओगे।"

मयूर ने चौंक कर पीछे देखा। उसे लगा की उसकी स्वर्गीय माँ ने उसके मन की मुराद पूरी कर दी। आँखों में आंसू और हाथ में अटैची लिए सामने उसके पापा खड़े थे। ख़ुशी के मारे उसे समझ में नहीं आ रहा था कि वह पापा के पैर छुए या गले से लगे।

"मयूर, बेटे, प्लीज मुझे माफ़ कर दो । बेटे का फर्ज तो मुझे निभाना चाहिए था, लेकिन तुम निभा रहे हो । अपने दादी जी का ऑपरेशन करवाने के लिए तुमने अपनी मैट्रिक की परीक्षा को भी त्याग दिया और दूसरी और मैं...! अगर तुम्हारे प्रिंसिपल सर ने मुझे फोन पर न लताड़ा होता तो मैं आज अपनी ही नजरों में गिर जाता ।" पापा मयूर का हाथ पकड़ बोले ।

"क्या...? सर ने आपके पास फोन किया था ?" मयूर हैरान था

"हाँ, मयूर, जिस कोलकत्ता प्लास्टिक कम्पनी में तुम्हारे पापा नौकरी करते हैं उसी कम्पनी में मेरा बेटा सीनियर इंजीनियर है । तुम्हारे पापा अभी - अभी वहीं से उस 'विभूति एक्सप्रेस' से आये हैं ।" बगल में खड़े प्रिंसिपल सर दो नंबर प्लेटफार्म की तरफ इशारा कर बोले ।

"बेटे, अब तुम जल्दी से ट्रेन पर चढ़ो तुम्हें भी परीक्षा देने जाना है ।"

"पर पापा, मैंने तो अपना परीक्षा प्रवेश पत्र स्कूल से तो लिया ही नहीं ।"

"तुम्हारा प्रवेश पत्र मैं अपने साथ लाया हूँ ।" सर ने उसे उसका प्रवेश पत्र थमाते हुए कहा ।

मयूर के लिए यह दुगुनी ख़ुशी थी । पापा भी दादी जी का ऑपरेशन करवाने के लिए उनके साथ ट्रेन में चढ़ गए ।

"थैंक्यू सर, ।" मयूर ने अपना प्रवेश पत्र लेकर सर के पैर छुए ।

तभी ट्रेन चल पड़ी । पापा ने हाथ बढ़ाकर उसे ट्रेन पर चढ़ाया ।

मयूर की आँखों में अपने प्रिंसिपल सर के प्रति कृतज्ञता के आंसू भर आए । वह ट्रेन के गेट के पास खड़ा था । सर मुस्कुराते हुए उसे हाथ हिलाते उससे पीछे छूट रहे थे ।

10

स्टिंग ऑपरेशन

"सगन, मैं कुछ दिनों से तुम्हारे भाई शिवा को बहुत उदास और परेशान देख रहा हूँ, तुमने गौर किया ?" निर्झर बोला ।

"हाँ, मैं भी शिवा को दुखी देखता हूँ । पता नहीं क्या बात है ? ट्यूशन जाने में भी बहुत आना - कानी करता है । उसने 7 वीं कक्षा में गणित में सिर्फ पास भर नंबर लाया था । कितनी विनती करने के बाद गुप्ता सर उसे ट्यूशन पढ़ाने के लिए राजी हुए थे । गुप्ता सर गणित के बहुत अच्छे टीचर हैं । मैंने भी उनसे पढ़ा है, फिर तुम्हारे साथ कोंचिग जाने लगा तो उनसे पढ़ना छोड़ दिया । सोच रहा हूँ फिर उनसे ट्यूशन पढ़ूं । आई. एस. सी. में मैथ बहुत भारी पड़ रहा है, तू भी ..."

"मैंने तुम से शिवा की बात की और तुम गुप्ता सर की ही तारीफों के पुल बाँधने लगे ।" सगन की बात बीच में काटते हुए निर्झर बोला ।

"अरे, शिवा होगा ऐसे ही उदास । तू तो उसकी उदासी के पीछे ही पड़ गया । तुम पढ़ाई छोड़ कर ज्योतिषी बन जाओ सभी के उदास - परेशान चेहरे देख कर उन्हें जंतर – मंत्र देते रहना ।" सगन हंसा ।

निर्झर कुछ नहीं बोला । वह सगन को अच्छी तरह जनता था । सगन किसी से ज्यादा मतलब नहीं रखता था । कोई दुखी या परेशान रहता तो उससे उसका कारण भी नहीं पूछता । चाहे वह उसका भाई ही क्यों न हों । लेकिन वह पढ़ने में बहुत तेज है । निर्झर भी मेधावी है । दोनों पक्के दोस्त हैं । साथ ही आई. एस. सी. में पढ़ते हैं ।

उनके कालेज के ही बगल में शिवा का स्कूल है । वह भी 8 वीं कक्षा में पढ़ता है । शिवा, निर्झर और सगन एक ही साथ पढ़ने जाते । निर्झर शिवा को बहुत दिनों से दुखी देख रहा था, इसलिए उसने सगन को बताया, पर उसने उसकी बात हवा में

उड़ा दी ।

कालेज और कोंचिग से छूटने के बाद निर्झर और सगन रोज शाम को पार्क या बाजार में घूमने जाते ।

आज शाम को लगभग साढ़े 7 बजे निर्झर और सगन बाजार से घूम कर महथिन पार्क में आएं ।

उस समय हल्का - हल्का फुहेरा पड़ रहा था । पार्क में इक्के दुक्के लोग थे । थोड़ा आराम करने के लिए दोनों वहां पत्थर की बेंच पर बैठ गए ।

कुछ देर बाद सगन उठते हुआ बोला, "निर्झर, चलो ।"

"हाँ ।" निर्झर उठ गया । तभी उसे किसी के रोने की आवाज सुनाई दी । उसने आस - पास नजरें दौड़ाई । फिर उसे और सगन को भी सिसकी सुनाई दी ।

"निर्झर, लग रहा है यहाँ कोई रो रहा है ।" सगन बोला ।

"शायद उस पेड़ के पीछे से रोने की आवाज आ रही है । आओ देखते हैं ।" निर्झर अनुमान लगा कर नजदीक के अशोक के पेड़ के पीछे गया ।

सगन भी साथ था । पेड़ के पास लैम्प की रौशनी कम थी । निर्झर का अनुमान सही था । यहाँ धुंधला में एक लड़का दिखा जो रो रहा था ।

"भाई, तुम रो क्यों रहे हों ?" निर्झर ने पूछा ।

"निर्झर भैया, आप...?" उस लड़के ने आवाज पहचान ली ।

"शिवा, तुम ?" आवाज सुन कर सगन और निर्झर चौंक पड़े ।

"तुम यहाँ बैठ कर रो क्यों रहे हों ?" सगन ने पूछा ।

"ऐसे ही, मैं घर जा रहा हूँ ।" शिवा आंसू पोंछ कर बस्ता उठाया और जाने लगा ।

निर्झर ने उसे रोका, "शिवा, अभी रुको । मुझे तुमसे कुछ पूछना है । मैं बहुत दिनों से तुम्हें दुखी देख रहा हूँ और आज तुम यहाँ बैठकर रो रहे हों । बताओ, आखिर क्या बात है ? पढ़ाई में कुछ दिक्कत है ? होम वर्क पूरा नहीं होता ?" शिवा ने कोई जवाब नहीं दिया ।

"शिवा, तू तो 6 बजे ट्यूशन गया था न, ट्यूशन पढ़ा ?" सगन ने पूछा ।

"हाँ ।"

"तुझे गुप्ता सर ने मारा क्या ?"

गुप्ता सर का नाम सुनते ही शिवा फिर रो पड़ा ।

निर्झर समझ गया कि गुप्ता सर को लेकर जरुर कोई ख़ास बात है इसलिए शिवा दुखी रहता है ।

फुहेरा पड़ना बंद हो गया था ।

निर्झर शिवा को लेकर पत्थर की बेंच पर आकर बैठ गया । सगन भी बैठा । शिवा रो ही रहा था ।

"शिवा, सच - सच बताओ, आखिर क्या बात है ? तुम गुप्ता सर का नाम सुनकर रोने क्यों लगे ? अगर सर तुझे ट्यूशन पढ़ाने के बहाने बहुत मारते - पीटते हैं तो बताओ । हम लोग तुझे दूसरे टीचर से ट्यूशन पढ़ाएंगे ।" निर्झर बोला ।

"मैं कुछ नहीं बताऊँगा । नहीं तो सर मुझे और सगन भैया को जान से मार देंगे ।"

"यह तुम क्या बक रहे हों ? सगन गुस्से से बोला ।

निर्झर ने सगन को चुप रहने को कहा फिर शिवा से पूछा, "गुप्ता सर तुम्हें और सगन को क्यों मार देंगे ?"

"मैं कुछ नहीं बताऊँगा... कुछ नहीं बताऊँगा ।" कह कर शिवा उठ कर वहाँ से भागने लगा । वह बहुत डरा सहमा हुआ था ।

निर्झर ने शिवा को पकड़ा । उसने उसे बहुत विश्वास दिलाया कि गुप्ता सर उसे झूठी धमकी दे रहे हैं । वह ऐसा कुछ नहीं करेंगे । सगन ने भी शिवा को बहुत समझाया । उसने उससे सब कुछ सच - सच बता देने की प्रार्थना की ।

शिवा की हिम्मत बढ़ी तब उसने बताना शुरू किया, "सगन भैया, निर्झर भैया, सर ट्यूशन पढ़ाने के बहाने मेरे और मेरे साथ पढ़ने वाले रवि के सारे कपड़े खोल गंदी हरकत करते हैं ।"

"क्या...?" सगन और निर्झर के पैरों तले की जमीन खिसक गई ।

"इसी कारण जब मैं या रवि कभी ट्यूशन पढ़ने नहीं जाते हैं, तो वह अगले दिन हमे बहुत मारते हैं और दूसरों को दिखाने के लिए होमवर्क देकर 1 घंटा वहीं काम करते हैं । घर में किसी को बताने पर हमें जान से मार देने की धमकी देते हैं ।" कह कर शिवा फूट – फूट कर रो पड़ा ।

"गुप्ता सर ऐसा कब से कर रहे हैं ?" निर्झर ने पूछा

"2 महीने से ।"

"2 महीने से गुप्ता तेरे साथ ऐसी हरकते कर रहा है और तू मर जाने के डर से चुप था । वह तो निर्झर ने तुझ पर गौर किया नहीं तो मैंने तुम पर कभी ध्यान ही नहीं दिया । मैं उस गुप्ता को अच्छा सबक सिखाऊंगा । उसने मेरे मासूम भाई के साथ ऐसी घिनौनी हरकत की ।" सगन आग बबूला हो रहा था, "मैं उस गुप्ता का अभी खबर लेता हूँ ।"

"सगन, तुम जोश में होश मत खो जाओ । हम गुप्ता से कुछ पूछ – ताछ करेंगे तो वह उल्टा हमें ही फंसा देगा । मैंने ऐसी खबरें कभी कभार अखबार में पढ़ी है

। मेरे अंकल के दोस्त आकाश राज टी. वी. एंकर हैं । इस बारे में मैं उनसे कल बात करूंगा । गुप्ता की करतूत दुनिया के सामने लाने में वहीं कुछ रास्ता सुझाएँगे । तुम दोनों कल सुबह 7 बजे मेरे घर आ जाना । शिवा, तुम यह बात किसी से मत कहना और हाँ, रवि से भी मत बताना । हम बहुत जल्द इस मुसीबत से तुम्हें निकाल देंगे । अब घर चलते हैं, साढ़े 8 बज गए ।" घड़ी देखते हुए निर्झर बोला ।

तीनों घर चले गए ।

सुबह निर्झर सगन और शिवा को लेकर आकाश राज के घर गया ।

उनको नमस्ते कर गुप्ता की सारी बातें बताई ।

ऐसी सनसनी खेज खबर सुनकर आकाश राज मन ही मन बहुत खुश हुआ । यह ऐसे ही खबरों की तलाश में रहता है ।

उसने कहा, "शिवा बेटे, अब तुम्हें डरने की कोई जरूरत नहीं है ।

स्टिंग ऑपरेशन के तहत बहुत जल्द गुप्ता हमारी मुठ्ठी में होगा ।

इस में मुझे पुलिस की भी मदद लेनी पड़ेगी ।"

"अंकल, यह स्टिंग ऑपरेशन क्या होता है ?" निर्झर और सगन ने एक साथ पूछा ।

"किसी को गलत काम करते हुए वीडियो फिल्म के जरिये उसे रंगे हाथों पकड़ना ! तुम लोग बिस्किट - नमकीन खाओ, तब तक मैं इंस्पैक्टर विश्वजीत से फोन पर बात कर लेता हूँ ।"

कह कर आकाश राज अपने स्टडी रूम में चला गया ।

उसने इंस्पैक्टर से बात की । इंस्पैक्टर ने उसे बच्चों के साथ अपने घर बुलाया ।

आकाश राज तीनों को लेकर उसके घर गया ।

"वह गुप्ता ट्यूशन पढ़ाने की आड़ में इस बच्चे के साथ अप्राकृतिक यौन शोषण करता है, उसे सलाखों के पीछे डाल कर पहले मैं उसको छठी का दूध याद दिलाऊंगा, फिर अदालत से उसे कड़ी से कड़ी सजा दिलाऊंगा । ताकि फिर कोई गुप्ता जैसा आदमी यह घिनौना काम न करे ।" इंस्पैक्टर विश्वजीत का गुस्से के मारे खून खौल रहा था । उसने पूछा, "शिवा, तुम ट्यूशन कितने बजे जाते हो ?"

"6 बजे शाम को ।"

"स्टिंग ऑपरेशन के तहत गुप्ता को पकड़ने के लिए किसी तरह एक कैमरा उस के पढ़ाने की जगह पर रखना होगा । आकाश राज बोला ।

"अंकल, मैं और निर्झर किसी बहाने वहां कैमरा फीट कर देंगे ।"

सगन बोला ।

"शिवा, गुप्ता के घर में और कौन - कौन हैं ?"

"कोई नहीं है । सर अकेले ही रहते हैं । उनकी पत्नी और बच्चे गांव में हैं ।"

"मैं और निर्झर शाम को गुप्ता के घर में छुप जाएँगे । आकाश, तुम गुप्ता के घर से थोड़ी दूर पर कार में बैठ वीडियो फिल्म देखते हुए कंप्यूटर पर सेव करना । इसमें सगन तुम्हारी मदद करेगा । शिवा, तुम रोज की तरह कल शाम को 6 बजे गुप्ता से ट्यूशन पढ़ने जाना । वह जैसा कहेगा वैसा ही करना, बिल्कुल डरना नहीं । गुप्ता को जरा सभी शक नहीं होना चाहिए कि कोई उसकी करतूत देख रहा है । उसे रंगे हाथों पकड़वाना सिर्फ तुम्हारे ही हाथों में है, इसलिए डरना – घबराना नहीं । हम सब तुम्हारे आस - पास ही रहेंगे । वह तुम्हें कुछ नहीं करेगा ।" इंस्पैक्टर विश्वजीत ने कहा ।

"अंकल, कल मैं सर को पकड़वाकर ही रहूँगा । उन्होंने मेरा और रवी का जीना मुहाल कर दिया है । इस स्टिंग ऑपरेशन में आप रवि को शामिल नहीं करेंगे ?" शिवा ने पूछा ।

"नहीं । इसमें जितने कम लोग रहेंगे उतना ही अच्छा रहेगा । तुम यह बात रवि को मत बताना । अब तुम तीनों घर जाओ । मैं आकाश से कल के स्टिंग ऑपरेशन के बारे में कुछ बात करूंगा ।" विश्वजीत ने कहा तो तीनों घर आ गए ।

रोज की तरह सोमवार को शिवा, निर्झर और सगन पढ़ने गए ।

शाम के 5 बजे इंस्पैक्टर ने शिवा, निर्झर और सगन को कुछ जरूरी सलाह देकर शिवा की हिम्मत बढ़ाई ।

योजना के अनुसार सगन और निर्झर गुप्ता के घर गए । दोनों ने उसको नमस्ते किया ।

"सर, शिवा आप की बहुत तारीफ करता है । आप उसे बहुत अच्छा से पढ़ा रहे हैं । यह मेरे मामा जी का लड़का है, निर्झर । गांव से आया है । शिवा के स्कूल में 9 वीं कक्षा में पढ़ता है । मैंने इसका एडमिशन करवा दिया है । यह गणित में बहुत कमजोर है । आप अपने कीमती समय में से सिर्फ 1 घंटा निकाल कर इसे ट्यूशन पढ़ा देते तो बड़ा अच्छा रहता ।" सगन ने प्रार्थना करते हुए कहा ।

शिवा ने उस की करतूत अभी किसी को नहीं बताई है, यह जान कर गुप्ता मन ही मन बहुत खुश हुआ ।

निर्झर का कद नाटा था । उसने हाफ शर्ट और हाफ पैंट पहना हुआ था । उसने अपनी हल्की दाढ़ी मूंछे भी कटवा ली थी, इसलिए गुप्ता को उस पर कुछ शक नहीं हुआ । उसने उसे 9 वीं कक्षा का छात्र समझा । भाव खाने के लिए उसने ट्यूशन पढ़ाने से इनकार कर दिया, फिर फ़ीस तय कर के निर्झर को अगले दिन शाम 5

बजे आने को कहा ।

इस बीच निर्झर कैमरा रखने के लिए चोर निगाहों से इधर - उधर देख रहा था ।

योजना के अनुसार सगन बात करते - करते खूब खांसने लगा, “स... स... सर, एक गिलास पानी... दीजिए । बहुत खांसी हो रही...”

अचानक उसकी खांसी देख गुप्ता घबरा गया, “हाँ... हाँ... अभी लता हूँ ।” वह पानी लेने अंदर भागा ।

उसका किचन तीन कमरों के बाद था, इसलिए उसे देर लगी ।

सगन ने सब्जी के थैले में से एक छोटा कैमरा निकालकर झट से निर्झर को दिया । उसने दौड़ कर सामने टी. वी. के ऊपर रखे गुलदस्ते के काले गुलाबों की आड़ में कैमरा रख दिया । फिर अपनी जगह आकर खड़ा हो गया ।

“लो पानी पीओ ।” गुप्ता ने सगन को पानी दिया ।

“थैंक्यू सर, अब मैं जाता हूँ ।” पानी पीकर गिलास नीचे रख सगन बोला ।

“ठीक है । घर पहुंच कर शिवा को जल्दी पढ़ने भेजो ।” गुप्ता बेचैनी से बोला ।

“जी सर ।” कहकर सगन निर्झर के साथ बाहर आ गया ।

गुप्ता के घर से थोड़ी दूर पर उजली कार में शिवा, इंस्पैक्टर विश्वजीत और आकाश राज बैठे थे ।

“काम हो गया ?” आकाश राज और इं. विश्वजीत ने एक साथ पूछा ।

“हाँ, अंकल ।”

6 बजने में 5 मिनट कम थे । इं. विश्वजीत ने शिवा को गुप्ता के घर भेजा ।

शिवा कार से उतरा और हाथ में कॉपी - किताबे लिए चुप - चाप गुप्ता के घर की तरफ चल पड़ा ।

दूसरी तरफ से उसने रवि को आते हुए देखा । वह जब पास आया तो शिवा ने उसकी भरी हुई आँखें देखी । जैसे लग रहा था वह ट्यूशन आने के पहले रोया हो । दोनों गुप्ता के घर के अंदर चले गए ।

वह उन्हें देख बहुत खुश हुआ ।

इधर इं. विश्वजीत सादे लिबास में निर्झर के साथ कार से उतरा । दोनों गुप्ता के घर के पीछे चले गए । इं. विश्वजीत पहले ही आकर गुप्ता के घर के पीछे से जाने का रास्ता मुआयना कर चुका था ।

पीछे ईट की 5 फुट की लंबी एक बाउंड्री थी । इं. विश्वजीत ने सहारा देकर निर्झर को बाउंड्री पर चढ़ा दिया, फिर खुद चढ़ कर नीचे उतरा और निर्झर को उतारा ।

शिवा के बताए अनुसार बाउंड्री से सटे बाथरूम और टायलेट थे ।

उसके सामने घास - फूस जमा थे। उनको छोड़कर 10 फुट की दूरी पर बिना प्लास्टर चढ़ाए एक कमरा था, जिसमें फालतू सामान रखे हुए थे।

उसकी बगल मे किचेन से सटे दो कमरे थे। फिर ड्राइंग रूम, जहाँ गुप्ता पढ़ाता था। अंदर से बाहर आने - जाने के लिए किनारे की तरफ से 4 फुट की लंबी एक गली थी।

दबे पाँव निर्झर और इं. विश्वजीत किचन से सटे एक कमरे में आकर छुप गए। फिर धीरे - धीरे उसके आगे वाले कमरे में आकर घुस गए। दोनों कमरे खुले हुए थे इसलिए कोई दिक्कत नहीं हुई।

उस कमरे के बाद ड्राइंग रूम था, जहाँ गुप्ता रवि और शिवा को पढ़ा रहा था। ड्राइंग रूम और इं. विश्वजीत के छुपने के कमरे की दीवार एक ही थी। कमरे में हवा आने - जाने के लिए ड्राइंग रुम की तरफ खुलती हुई एक छोटी खिड़की थी। खिड़की की आड़ में दोनों खड़े होकर सब देखने लगे।

गुप्ता शिवा और रवि का होमवर्क जाँच कर रहा था। फिर दोनों को कुछ सवाल हल करने को दिया। उसके बाद उठकर बाहर का दरवाजा उसने अंदर से बंद कर दिया और अपने कपड़े खोलने लगा।

इधर कार में बैठे सगन और आकाश राज कंप्यूटर स्क्रीन पर सब देख रहे थे।

गुप्ता अंडर वियर में ही था। वह रवि के पास आया। उसके हाथ से कॉपी लेकर टेबल पर रख दी और बोला, "रवि, अपने कपड़े खोलो।"

"मैं नहीं खोलूँगा।"

स्टाक गुप्ता ने रवि को एक जोर से तमाचा मारा।

आँखों में आंसू लिए वह अपनी शर्ट के बटन खोलने लगा।

गुप्ता शिवा की शर्ट - पैंट खोलने लगा। बीच - बीच में वह उसके गालों को चूम और सहला भी रहा था।

रवि अपनी शर्ट खोल चुका था। गुप्ता उसे अपने सीने से लगा कर खूब सहलाने और दबाने लगा, फिर उसने शिवा की पैंट में जैसे ही हाथ डाला तभी इं. विश्वजीत झट से कमरे से निकल कर वहां आया और उस पर रिवाल्वर तान कर बोला, "हैंडसप गुप्ता, अगर तुमने भागने की कोशिश कि तो मैं तुम्हें गोली मार दूंगा।"

अचानक अपने घर में इं. विश्वजीत और खुद को रंगे हाथों पकड़ा हुआ देख कर गुप्ता की हालत खराब हो गई।

इधर आकाश राज कंप्यूटर को बंद कर कार में ताला लगाकर सगन के साथ गुप्ता के घर की तरफ दौड़ा, "निर्झर, दरवाजा खोलो।"

चीकू - मीकू का उपहार

उसने दरवाजा खोल दिया । सबको वहां देख गुप्ता के पैरों तले की जमीन खिसक गई ।

वह शिवा को धक्का देकर भागने लगा तभी सगन, निर्झर और आकाश राज ने उसे दबोच लिया ।

इं. विश्वजीत ने जोर से एक चाटा उसे मारा, "शर्म करो गुप्ता, तुम ट्यूशन पढ़ाने के बहाने इन मासूमों के साथ कितनी घिनौनी हरकत कर रहे हो ।"

"मैं यह बात अदालत में चीख - चीख कर कहूँगा कि तुम सबने मुझे एक साजिश के तहत फंसाया है ।" गुप्ता धूर्तता से बोला ।

"इस कैमरे के जरिये हमने तेरा स्टिंग ऑपरेशन कर लिया है, गुप्ता । कुछ ही देर में तेरी यह करतूत दुनिया का हर बच्चा – बच्चा अपने - अपने घरों में टी. वी. पर देखेगा ।" आकाश राज गुलाब के पास से कैमरा उठा कर उसे दिखाते हुए बोला ।

"क्या...?" गुप्ता के होश फाख्ता हो गए ।

शिवा और रवि अपने कपड़े पहन चुके थे । वे बहुत खुश थे ।

इं. विश्वजीत गुप्ता को उसी हालत में हथकड़ी पहना कर घर से बाहर लाया । साथ में सब बाहर आ गये ।

फिर इंस्पैक्टर ने उस घर को सिल कर दिया ।

आकाश राज गुप्ता की करतूत को पूरी दुनिया को दिखाने के लिए अपने न्यूज चैनल ऑफिस भागा ।

शिवा, रवि, निर्झर और सगन भी गुप्ता का स्टिंग ऑपरेशन टी. वी. पर देखने के लिए अपने - अपने घर दौड़ पड़े ।

परिचय

Enter Caption

☙

नीतू सुदीप्ति 'नित्या'
जन्म : 20 नवंबर 1980, बिहिया, जिला – भोजपुर, बिहार)
शिक्षा : मैट्रिक

परिचय

लेखन : 1997 से (हिंदी – भोजपुरी)

विधा : गीत, कहानी, कविता, लघुकथा और उपन्यास आदि

प्रकाशन : • हमसफर (2014) हिंदी कथा संग्रह

• छंटते हुए चावल (2017) हिंदी कथा संग्रह (राजभाषा विभाग बिहार सरकार से प्राप्त अनुदान राशि से प्रकाशित) तथा श्रीमती सरला देवी दीक्षित स्मृति पुरस्कार 2021 (मथुरा, उ. प्र.) से पुरस्कृत

• विजय पर्व (2018) भोजपुरी उपन्यास (अखिल भारतीय भोजपुरी साहित्य सम्मेलन, पटना, अभय आनंद पुरस्कार 2022 से पुरस्कृत)

देश की प्रतिष्ठित पत्र – पत्रिकाओं में ढाई सौ रचनाएँ प्रकाशित।

हिंदी पत्रिकाएँ – हंस, अहा जिंदगी, कथाबिंब, जनपथ, शुभ तारिका, रेलवाणी, नारी अस्मिता, प्राची, विपाशा, शीराजा, मधुमती, गृहशोभा, सुमन सौरभ, मुक्ता, सरस सलिल, कथादीप, असली आजादी और जगमग दीप ज्योति आदि।

भोजपुरी पत्रिकाएँ – अंगना, निर्भीक संदेश, परिछन, परास, हलो भोजपुरी, सुरसती, भोजपुरी साहित्य सम्मेलन पत्रिका, खोईछा, आदि।

संपादन : चमन – चमन के फूल (काव्य संग्रह)

सोशल मीडिया : वेबपत्रिकाओं साहित्यप्रीत, प्रतिलिपि, साहित्यसुधा, बिहारी धमाका, जय विजय, अनुभव, मैसेंजर ऑफ आर्ट और अमेजन किंडल पर भी रचनाएँ प्रकाशित।

अनुवाद : मराठी की वरिष्ठ साहित्यकार उज्ज्वला केलकर जी द्वारा एक दर्जन रचनाएँ मराठी में अनुवादित और मराठी की प्रतिष्ठित पत्रिकाओं में प्रकाशित।

पुरस्कार : कमलेश्वर स्मृति कथाबिंब पुरस्कार, (मुंबई) 'बिछावन' (श्रेष्ठ कहानी से पुरस्कृत, 2015) और

नाही है कोई ठिकाना (उत्तम कहानी से पुरस्कृत, 2018)

पाटलिपुत्र गौरव अवार्ड (2020)

दैनिक भास्कर द्वारा 26 जनवरी 2021 को एक सलाम देश के नाम के तहत सम्मान पत्र प्राप्त।

डॉ. मिथिलेश कुमारी साहित्य साधना सम्मान (बिहार हिन्दी साहित्य सम्मेलन, पटना)

शुभ तारिका में रचनाएँ पुरस्कृत तथा अनेक साहित्यिक संस्थाओं से सम्मानित। इस्कान मंदिर अयोध्या द्वारा श्रीमद भगवद गीता डिप्लोमा कोर्स 18 अध्याय 18 दिन के तहत ऑनलाइन परीक्षा पास होने पर सम्मान प्रमाण पत्र

प्राप्त।

संप्रति : स्वतंत्र लेखन तथा वेबसाइट www.sahityaprit.com (साहित्यप्रीत.कॉम)

संकल्प : मरणोपरांत नेत्रदान

संपर्क :पत्राचार पता – श्री भगवान प्रसाद, कोयला दुकान, राजा बाजार, कटेया रोड, बिहिया – 802152. जिला – भोजपुर (बिहार)

मो : 7050107285 / व्हाट्सएप – 7256885441

मेल :n.sudipti@gmail.com

www.ingramcontent.com/pod-product-compliance
Lightning Source LLC
LaVergne TN
LVHW041553070526
838199LV00046B/1944
9798886840568